SAKIS
GESAMMELTE GESCHICHTEN
—
HERAUSGEGEBEN VON
FRITZ SENN
—
BAND I
—
HAFFMANS VERLAG

SAKI

REGINALD
UND
DIE BLUTFEHDE
VON TOAD-WATER

NEUNUNDZWANZIG
GESCHICHTEN

DEUTSCH VON
Werner Schmitz

ZEICHNUNGEN VON
Tatjana Hauptmann

HAFFMANS VERLAG

DIESER ERSTE BAND VERSAMMELT SÄMTLICHE
GESCHICHTEN DER ORIGINALAUSGABEN
»REGINALD« UND »REGINALD IN RUSSIA«,
LONDON 1910.

1.–4. TAUSEND, HERBST 1987

ALLE RECHTE DIESER ERSTEN
DEUTSCHEN GESAMTAUSGABE VON
SAKIS GESCHICHTEN
VORBEHALTEN
COPYRIGHT © 1987 BY
HAFFMANS VERLAG AG ZÜRICH
ISBN 3 251 20047 X

Inhalt

Reginald 7
Reginald

Reginald über Weihnachtsgeschenke 15
Reginald on Christmas Presents

Reginald über die Kunstausstellung 20
Reginald on the Academy

Reginald im Theater 27
Reginald at the Theatre

Reginalds Friedensgedicht 33
Reginald's Peace Poem

Reginalds Kirchenchorveranstaltung 38
Reginald's Choir Treat

Reginald über Sorgen 45
Reginald on Worries

Reginald über Einladungen 50
Reginald on House-Parties

Reginald im Carlton 58
Reginald at the Carlton

Reginald über Gewohnheitssünden 66
Reginald on Besetting Sins

Reginalds Theaterstück 71
Reginald's Drama

Reginald über Zölle 79
Reginald on Tariffs

Reginalds weihnachtliche Lustbarkeit 85
Reginald's Christmas Revel

Reginalds Unschuld 92
The Innocence of Reginald

Reginald in Rußland 99
Reginald in Russia

Die Wortkargheit der Lady Anne 106
The Reticence of Lady Anne

Der verlorene Sandschak 115
The Lost Sandjak

Das Geschlecht, das nicht einkauft 128
The Sex That Doesn't Shop

Die Blutfehde von Toad-Water 135
The Blood-Feud of Toad-Water

Das jung-türkische Verhängnis 145
A Young Turkish Catastrophe

Judkin mit den Paketen 149
Judkin of the Parcels

Gabriel-Ernest 154
Gabriel-Ernest

Der Heilige und der Kobold 171
The Saint and the Goblin

Die Seele des Laploshka 179
The Soul of Laploshka

Die Tasche 189
The Bag

Der Stratege 202
The Strategist

Gegenströme 212
Cross-Currents

Das Bäckerdutzend 228
The Baker's Dozen

Die Maus 239
The Mouse

Anmerkungen 251

Reginald

EIGENTLICH HÄTTE ICH ES MIR DENKEN können. Ich habe Reginald zum Besuch der Gartenparty der McKillops überredet, gegen seinen Willen.

Wir alle begehen mitunter einen Fehler. »Die wissen, daß Sie hier sind, und werden es reichlich seltsam finden, wenn Sie nicht kommen. Und eben jetzt will ich es mir gerade bei Mrs. McKillop nicht verderben.«

»Ich weiß, Sie sind auf eins ihrer Perserkätzchen aus als potentielle Gattin für Wumples – oder Gatte?« (Reginald hegt eine kolossale Geringschätzung für Einzelheiten, die nicht seine eigene Kleidsamkeit betreffen.) »Und ich soll mich gesellschaftlichem Martyrium unterziehen, zur Begünstigung des Ehestands –«

»Reginald! Nichts dergleichen, ich bin nur sicher, daß Mrs. McKillop sich freuen würde, wenn ich Sie mitbrächte. Junge Männer mit Ihren brillanten Reizen haben bei solchen Gartenpartys Seltenheitswert.«

»Im Himmel hoffentlich auch«, bemerkte Reginald gefällig.

»Von Ihrer Sorte werden nur sehr wenige dort sein, falls Sie das meinen. Aber im Ernst, Ihre Geduld wird keiner allzu großen Belastung ausgesetzt sein; ich verspreche Ihnen, Sie werden weder Krocket spielen noch mit der Frau des Erzdiakons sprechen, noch sonst irgend etwas tun müssen, das Sie strapazieren könnte. Sie brauchen nur ihre feinsten Kleider und eine gelind freundliche Miene zu tragen, und mit dem Appetit eines blasierten Papageis Schokoladen-Creme zu essen. Mehr wird von Ihnen nicht verlangt.«

Reginald schloß die Augen. »Da werden mich zermürbend neumodebewußte junge Damen fragen, ob ich *San Toy* schon gesehen habe; die weniger fortschrittlich Veranlagten werden vom *Diamond Jubilee* – dem historischen Ereignis, nicht dem Pferd – zu hören begehren. Mit ein wenig Aufmunterung werden sie sich erkundigen, ob ich die Alliierten in Paris habe einmarschieren sehen. Warum sind Frauen so darauf versessen, die Vergangenheit aufzurühren? Sie sind so verdrießlich wie Schneider, die sich unweigerlich daran erinnern, wieviel man ihnen für einen Anzug schuldet, den man längst nicht mehr trägt.«

»Ich werde den Lunch für ein Uhr bestellen; so haben Sie zweieinhalb Stunden Zeit für Ihre Toilette.«

Reginald zog die Stirn in gequälte Falten, und ich wußte, daß ich mich durchgesetzt hatte. Er sann darüber nach, welche Krawatte am besten zu welcher Weste passen würde.

Selbst dann hatte ich noch meine Bedenken.

Während der Fahrt zu den McKillops war Reginald von einem tiefen Frieden erfüllt, was nicht völlig dadurch zu erklären war, daß er seine Füße in Schuhe gezwängt hatte, die ihm eine Nummer zu klein waren. Mir schwante Schlimmeres denn je, und nachdem ich Reginald einmal auf dem Rasen der McKillops von der Leine gelassen, stellte ich ihn neben eine verführerische Platte *marrons glacés* und so weit entfernt wie möglich von der Frau des Archdiakons auf; indem ich mich in diplomatischen Abstand zurückzog, hörte ich mit schmerzlicher Deutlichkeit, wie ihn die älteste Mawkby-Tochter fragte, ob er *San Toy* schon gesehen habe.

Es kann nicht mehr als zehn Minuten später gewesen sein, ich hatte leidlich angenehm mit der Gastgeberin geplaudert, hatte versprochen, ihr *Die ewige Stadt* und mein Rezept für Kaninchen-Mayonnaise zu leihen, und wollte soeben ihrem dritten Perserkätzchen ein Heim in Aussicht stellen, als ich aus den Augenwinkeln bemerkte, daß Reginald nicht mehr da war, wo ich ihn zurückgelassen hatte, und die *marrons glacés* noch unberührt dastanden. Im gleichen Augenblick stellte ich fest, daß der alte Colonel Mendoza gerade zu seiner klassischen Geschichte ausholte, wie er einst das Golfspiel in Indien eingeführt hatte, und daß Reginald in gefährlicher Nähe stand. Es gibt Gelegenheiten, da ist Reginald Kaviar für den Colonel.

»Als ich 76 in Poona war —«

»Mein lieber Colonel«, schnurrte Reginald, »wie können Sie derartiges nur preisgeben! So sein Alter auszuplaudern! Ich würde niemals zugeben, schon 76 auf diesem Planeten geweilt zu haben.« (Auch bei seinen mutwilligsten Entgleisungen ins Wahrhaftige bekennt sich Reginald höchstens zu zweiundzwanzig.)

Der Colonel nahm die Farbe einer zur höchsten Reife gediehenen Feige an, und Reginald, der meine Bemühungen, ihn zu unterbrechen, ignoriert hatte, entglitt in einen anderen Teil des Gartens. Einige Minuten darauf fand ich ihn glücklich damit beschäftigt, dem jüngsten Rampage-Jungen die bewährte Theorie des Absinth-Mixens beizubringen, in voller Hörweite seiner Mutter. Mrs. Rampage hat in den hiesigen Temperenzler-Kreisen eine hervorragende Stellung inne.

Sobald ich dieses nicht viel versprechende Tête-à-tête unterbunden und Reginald an einem Platz abgestellt hatte, wo er zusehen konnte, wie die Krocketspieler ihre Fassung verloren, begab ich mich hinweg, um meine Gastgeberin zu suchen und die Verhandlungen wegen der Katze dort wieder aufzunehmen, wo sie unterbrochen worden waren. Es gelang mir nicht gleich, sie aufzuspüren, und schließlich war sie es, Mrs. McKillop, die mich ausfindig machte, und ihr Gespräch drehte sich nicht um Katzen.

»Ihr Vetter diskutiert mit der Frau des Archdiakons über *Zaza*; zumindest diskutiert *er*; sie hat ihren Wagen bestellt.«

Sie sprach mit dem trockenen Staccato einer Person, die eine Französisch-Lektion aufsagt, und ich wußte, daß Wumples, soweit Millie McKillop den Gang der Dinge bestimmte, zu lebenslänglichem Zölibat verdammt war.

»Wenn es Ihnen recht ist«, sagte ich hastig, »dann möchten wir unseren Wagen auch bestellt haben«, und machte mich grimmig auf den Weg zum Krocketrasen.

Dort redete alles nervös und fieberhaft vom Wetter und dem Krieg in Südafrika, bis auf Reginald; er räkelte sich in einem bequemen Sessel mit dem verträumten, entrückten Gesichtsausdruck eines Vulkans, der eben ein paar Dörfer in Lava und Asche gelegt hat. Die Frau des Erzdiakons knöpfte mit einer konzentrierten, schrecklich anzusehenden Absichtlichkeit ihre Handschuhe zu. Ich werde meinen Beitrag zu ihrem Fonds für Beschauliche Sonntagabende verdreifachen müssen, ehe ich meinen Fuß wieder über ihre Schwelle zu setzen wage.

Genau in diesem Augenblick schlossen die Krocketspieler ihre Partie ab, die sich ohne Anzeichen einer Beendigung über den ganzen Nachmittag hingezogen hatte. Warum, frage ich, mußte sie ausgerechnet dann abgebrochen werden, als etwas Ablenkendes so unbedingt erforderlich war? Jedermann schien dem Gebiet der Turbulenz zuzustreben, deren Mittelpunkt von den Stühlen der Frau des Erzdiakons und Reginalds gebildet wurde. Die Unterhaltung erstarb, und über die Gesellschaft senkte sich jenes erwartungsvolle Schweigen, das der Morgendämmerung vorauszugehen pflegt – falls Ihre Nachbarn nicht zufällig Geflügel halten.

»Was kann das Kaspische Meer?« fragte Reginald mit erschreckender Plötzlichkeit.

Vorboten einer Panik machten sich bemerkbar. Die Frau des Erzdiakons blickte mich an. Kipling oder sonst jemand beschreibt den Blick, mit dem ein gestrandetes Kamel der Karawane nachschaut, die weiterzieht und es seinem Schicksal überläßt. Der wiederkäuerische Vorwurf im Blick der guten Lady brachte mir die Stelle anschaulich in Erinnerung.

Ich spielte meine letzte Karte.

»Reginald, es wird spät, und vom Meer zieht Nebel auf.« Ich wußte, daß die kunstvolle Locke über seiner rechten Augenbraue nicht beschaffen war, einen Meeresnebel zu überstehen.

»Nie, nie wieder werde ich Sie zu einer Gartenparty mitnehmen. Nie wieder... Sie haben sich abscheulich aufgeführt... Was kann das Kaspische mehr?«

Ein Schatten echten Bedauerns über schlecht genutzte Gelegenheiten zog über Reginalds Gesicht.

»Jedenfalls glaube ich«, sagte er, »hätte eine aprikosenfarbene Krawatte besser zu der lila Weste gepaßt.«

Reginald über Weihnachtsgeschenke

EINES WÜNSCHE ICH EINDEUTIG KLARZUstellen (sagte Reginald): ich möchte zu Weihnachten kein »George, Prince of Wales«-Gebetbuch geschenkt bekommen. Diese Tatsache kann sich gar nicht weit genug herumsprechen.

Die Wissenschaft vom Schenken (fuhr er fort) sollte in eigenen Lehrgängen unterrichtet werden. Niemand scheint die leiseste Ahnung zu haben, wessen ein anderer bedürftig ist, und die auf diesem Gebiet grassierenden Vorstellungen sind eines zivilisierten Gemeinwesens unwürdig.

Da gibt es zum Beispiel die weibliche Verwandte vom Lande, die weiß, »daß man eine Krawatte immer brauchen kann«, und einem irgendein gepünkteltes Grauen schickt, das man nur heimlich oder auf der Tottenham Court Road tragen kann. Sie wäre zu etwas brauchbar gewesen, wenn sie sie behalten und damit Johannisbeersträucher zusammengebunden hätte, so wären gleich zwei Zwecke erfüllt gewesen, die Unterstützung der Zweige und das Abschrecken der Vögel – denn es ist eine ausgemachte Tatsache, daß die handelsübliche Meise über einen solideren ästhetischen Geschmack verfügt als die durchschnittliche ländliche Verwandte.

Dann wären da noch die Tanten. In geschenklicher Hinsicht ist nie mit ihnen auszukommen. Das Problem besteht darin, daß man sie niemals richtig jung zu fassen bekommt. Wenn man sie endlich zur Einsicht erzogen hat, daß man im West End keine roten Wollhandschuhe trägt, sterben sie dahin, zerstreiten sich mit der Familie oder tun etwas gleichermaßen Rücksichtsloses. Deswegen ist es um die Versorgung mit wohldressierten Tanten immer so mißlich bestellt.

Par exemple meine Tante Agatha, die mir vorige Weihnachten ein Paar Handschuhe schickte und es sogar fertiggebracht hatte, eine Spielart auszuwählen, die man damals gerade trug und die dazu noch über die korrekte Anzahl von Knöpfen verfügte. Doch – *sie hatten Größe Neun!* Ich habe sie einem Knaben geschickt, den ich von Herzen hasse: natürlich hat er sie nicht getragen, aber er hätte es tun können – hier kam die Bitterkeit des Todes ins Spiel. Das war mir fast so tröstlich, als wenn ich zu seinem Begräbnis weiße Blumen geschickt hätte. Natürlich habe ich meiner Tante geschrieben, genau diese Handschuhe hätten mir noch gefehlt, mein Dasein wie eine Rose aufblühen zu lassen; ich fürchte, sie hat mich für leichtfertig gehalten – sie stammt aus dem Norden, wo man in Furcht vor dem Himmel und dem Grafen von Durham lebt. (Reginald schützt eine erschöpfende Kenntnis politischer Sachverhalte vor, was ihm eine vorzügliche Entschuldigung dafür bietet, sie nicht diskutieren zu müssen.) Tanten mit einer Spur fremdländischer Herkunft sind, was das Verständnis dieser Dinge angeht, noch am befriedigendsten; aber wenn man sich seine Tante nicht aussuchen kann, tut man auf lange Sicht am klügsten daran, sich das Geschenk selbst auszusuchen und ihr die Rechnung zukommen zu lassen.

Selbst gleichgesinnte Freunde, die es eigentlich besser wissen sollten, sind auf diesem Gebiet merkwürdigen Wirrungen unterworfen. Ich sammle nun mal *keine* Exemplare der billigeren Ausgaben von Omar Khayyám. Die letzten vier, die ich erhielt, habe ich dem Liftboy geschenkt, und ich ergötze mich an der Vorstellung, wie er sie, mitsamt FitzGeralds Anmerkungen, seiner betagten Mutter vorliest. Liftboys haben grundsätzlich betagte Mütter; was ihre Feinfühligkeit meiner Meinung nach so schön zutage bringen läßt.

Ich persönlich vermag nicht einzusehen, was an der Wahl passender Geschenke so schwierig ist. Niemand, der sich selbst anständig erzogen hat, wird eine jener dekorativen Likörflaschen nicht zu würdigen wissen, die in Morels Schaufenster so ehrfurchtsvoll inszeniert worden sind – und auch gegen Duplikate hätte niemand etwas einzuwenden. Und immer dieser exquisite Augenblick entsetzlicher Spannung, ob nun *crème de menthe* oder Chartreuse darin wäre! – wie das erwartungsvolle Zittern, bevor Ihr Partner beim Bridge seine Karten aufdeckt. Die Leute mögen über den Verfall des Christentums sagen, was sie wollen; eine Religion, die den grünen Chartreuse hervorgebracht hat, kann nie wirklich untergehen.

Und dann kommen natürlich noch Likörgläser in Betracht, und kandierte Früchte und Tapisserien und massenhaft andere Lebensnotwendigkeiten, die vernünftige Geschenke abgeben – ganz zu schweigen von Luxusartikeln wie seine Rechnung bezahlt zu bekommen, oder irgend etwas Hübsches mit Juwelen. Im Gegensatz zu der angeblich Tüchtigen Frau in der Bibel bin ich nicht edler als die köstlichsten Perlen. Die muß übrigens, als man sie gefunden hatte, zur Weihnachtszeit ein ziemliches Problem dargestellt haben; nichts unter einem Blankoscheck wäre der Situation angemessen gewesen. Vielleicht ist es doch besser, daß sie ausgestorben ist.

Was an mir so reizvoll ist (schloß Reginald), ist, daß ich so leicht zufriedenzustellen bin. Aber bei einem »Prince of Wales«-Gebetbuch mache ich nicht mehr mit.

Reginald über die Kunstausstellung

»DIE AKADEMIE BESUCHT MAN AUS NOTwehr«, sagte Reginald. »Dies ist das einzige, was man mit den Vettern vom Lande gemeinsam hat.«

»Bei denen ist das nahezu ein religiöses Brauchtum«, sagte der Andere. »Eine Art künstlerisches Mekka; und wenn die Guten sterben, gehen sie —«

»Zur Votivmesse. Rätselhaft ist, woher die auf dem Lande den Gesprächsstoff nehmen.«

»Auf dem Lande gibt es zwei Gesprächsthemen: Dienstboten, und Läßt sich Geflügel rentabel halten? Das erste ist, glaube ich, obligatorisch, das zweite freigestellt.«

»Als Ereignis«, faßte Reginald zusammen, »ist die Akademie ein Mißgriff.«

»Sie meinen, ohne die Bilder wäre sie erträglich?«

»Die Bilder sind auf ihre Weise schon in Ordnung; schließlich kann man sie immer *anschauen*, wenn einen die Umgebung langweilt oder man einer drohenden Bekanntschaft aus dem Wege gehen will.«

»Auch das ist nicht immer die Rettung. Da ist etwa das unvermeidliche Frauenzimmer, dem man einmal in Devonshire oder in den Matoppo Hills oder sonstwo vorgestellt worden ist: sie stürmt auf einen zu mit dem Ausruf, wie komisch es doch ist, daß man in der Kunstausstellung stets auf Bekannte stößt. Ich persönlich finde das nicht komisch.«

»Dergleichen ist mir gerade erst widerfahren«, sagte Reginald mißmutig, »und zwar von einer Frau, deren Beteuerung ich hinnehmen muß, daß sie mich vorigen Sommer in der Bretagne kennengelernt hat.«

»Hoffentlich sind Sie nicht zu brüsk geworden?«

»Ich habe ihr lediglich mit reizender Schlichtheit erklärt, die Kunst des Lebens bestünde im Umgehen des Unerreichbaren.«

»Hat sie versucht, das auf dem Umschlag ihres Katalogs auszuarbeiten?«

»Nicht auf der Stelle. Sie murmelte etwas von

›geistreich‹. Man stelle sich vor, die Akademie besuchen, um geistreich zu sein!«

»Am Nachmittag geistreich sein, deutet darauf hin, daß man noch keine Einladung zum Abendessen hat.«

»Was mich daran erinnert, daß ich nicht mehr weiß, ob ich die Ihre für heute abend bei Kettner's angenommen habe.«

»Andererseits kann ich mich mit verblüffender Deutlichkeit daran erinnern, Sie nicht eingeladen zu haben.«

»Ein solches Maß an Gewißheit ist in der Jugend unschicklich; betrachten wir das also als erledigt. Wovon sprachen Sie noch? Ach, von Bildern. Ich persönlich halte ziemlich viel davon; sie sind so erfrischend wirklich und wahrscheinlich und lenken von den Unwirklichkeiten des Lebens ab.«

»Hin und wieder entflieht man sich gerne selbst.«

»Darin besteht der Nachteil eines Porträts; in der Regel können auch die verbittertsten Freunde nicht mehr verlangen als die treue Unähnlichkeit, mit der man der Nachwelt ausgeliefert wird. Ich hasse die Nachwelt – sie ist so versessen darauf, das letzte Wort zu behalten. Natürlich gibt es bei Porträts Ausnahmen.«

»Zum Beispiel?«

»Zu sterben, bevor man von Sargent gemalt worden ist, bedeutet einen verfrühten Einzug in den Himmel.«

»Mit der nötigen Umsicht und Auflehnung kann man diese Katastrophe vermeiden.«

»Wenn Sie grob werden«, sagte Reginald, »werde ich morgen auch noch mit Ihnen dinieren. Die größte Unsitte der Akademie«, fuhr er fort, »ist ihre Nomenklatur. Warum etwa sollte ein unzweideutiger Forellenbach mit einem handgreiflichen Kaninchen im Vordergrund ›Abendtraum ungetrübten Friedens‹ genannt werden, oder Ähnliches dieser Art?«

»Sie meinen«, sagte der Andere, »ein Titel sollte eher die Beschreibung ersparen als die Phantasie anregen?«

»Im Grunde sollte er beides. Zum Beispiel meine Katze zu Hause; ich habe sie Derry getauft.«

»Das ruft in meiner Phantasie nichts anderes wach als langwierige Belagerungen und religiöse Feindseligkeiten. Natürlich kenne ich Ihre Katze nicht —«

»Ach, Sie sind albern. Das ist ein feiner Name, und sie reagiert darauf – falls sie Lust hat. Und wenn es nächtens irgendwelche unziemlichen

Geräusche gibt, lassen sie sich bündig erklären: Derry und Tom.«

»Die Reklame könnten Sie beinahe in Rechnung stellen. Aber auf Bilder angewandt – meinen Sie nicht, Ihr System wäre, etwa für die Vettern vom Lande, ein wenig zu subtil?«

»Jede Neuerung fordert ihre Opfer. Man darf nicht erwarten, daß das gemästete Kalb die Begeisterung der Engel über die Rückkehr des Verlorenen Sohnes teilt. Eine weitere Lieblingsschwäche der Akademie besteht darin, daß keine ihrer Leuchten über Nacht ›ankommen‹ muß. Man kann sie jahrelang heraufziehen sehen, wie eine Balkankrise oder einen Straßenausbau, und wenn sie erst einmal ein rundes Tausend Quadratyards Leinwand bepinselt haben, wird ihr Werk allmählich anerkannt.«

»Jemand, Der Keine Widerrede Duldet, hat einmal gesagt, wer mit Dreißig noch nicht zu Erfolg gekommen sei, schaffe es nie.«

»Dreißig zu werden«, sagte Reginald, »bedeutet, im Leben versagt zu haben.«

Reginald im Theater

»JEDENFALLS«, SAGTE DIE HERZOGIN vage, »gibt es gewisse Dinge, von denen man sich nicht losmachen kann. Recht und Unrecht, gutes Benehmen und moralische Geradheit besitzen klare, wohldefinierte Grenzen.«

»Diese allerdings«, erwiderte Reginald, »besitzt auch das Russische Reich. Der Haken ist nur, daß die Grenzen nicht immer an der selben Stelle bleiben.«

Reginald und die Herzogin betrachteten einander mit gegenseitigem, von einem wissenschaftlichen Interesse gemäßigten Argwohn. Reginald war der Meinung, die Herzogin habe noch viel zu lernen; besonders, nicht aus dem Carlton zu stürmen, als fürchte sie den letzten Bus zu verpassen. Eine Frau, sagte er, die keinen Wert auf ihr äußeres Abtreten legt, ist imstande, vor dem Goodwood-Rennen aus der Stadt zu gehen und zum falschen Zeitpunkt an einer unmodischen Krankheit zu sterben.

Die Herzogin dachte, Reginald habe die Grenzen des sittlichen Anstands, welchen die Umstände erforderten, nicht überschritten.

»Natürlich«, fuhr sie streitbar fort, »neigt die heute vorherrschende Mode dazu, an ewigen Wechsel und Veränderlichkeit und all dergleichen zu glauben und zu behaupten, wir alle seien nichts als verbesserte Ausgaben urzeitlicher Affen – Sie pflichten dieser Lehre natürlich bei?«

»Ich halte sie für entschieden voreilig; bei den meisten Leuten, die ich kenne, ist dieser Prozeß bei weitem noch nicht abgeschlossen.«

»Und gewiß sind Sie gleichermaßen religionsfeindlich eingestellt?«

»Aber durchaus nicht. Die gegenwärtige Mode ist eine römisch-katholische Gemütsverfassung mit agnostischem Bewußtsein: so verbindet man das mittelalterlich Pittoreske des einen mit den neuzeitlichen Annehmlichkeiten des anderen.«

Die Herzogin verkniff es sich, die Nase zu rümpfen. Sie zählte zu jenen Leuten, die der Kirche von England mit gönnerhafter Zuneigung zugetan sind, so als sei diese etwas,

was in ihrem Küchengarten aufgewachsen wäre.

»Aber es gibt noch anderes«, fuhr sie fort, »von dem ich annehme, daß es selbst Ihnen in gewissem Grade heilig ist. Patriotismus zum Beispiel, und das Königreich, und die Verantwortung des Britischen Reichs, und Blut-ist-dicker-als-Wasser und dergleichen mehr.«

Reginald hielt sich ein paar Minuten mit der Antwort zurück, solange der Lord of Rimini die akustischen Möglichkeiten des Theaters vorübergehend für sich allein in Anspruch nahm.

»Das ist das Schlimmste an einer Tragödie«, bemerkte er, »daß man kaum sein eigenes Wort versteht. Selbstverständlich akzeptiere ich die Idee des Weltreichs und seine Verantwortung. Schließlich denke ich doch lieber in Kontinenten als sonstwo. Und eines Tages, wenn die Saison vorüber ist und Sie einmal Zeit haben, werden Sie mir die genaue Blutsbrüderschaft und all das erklären, die etwa einen Franko-Kanadier, einen sanften Hindu und einen Yorkshire-Menschen gemeinsam verbindet.«

»Ja, sicher, ›Herrschaft über Palmen und Kiefern‹«, zitierte die Herzogin hoffnungsfroh; »natürlich dürfen wir nicht vergessen, daß wir alle dem großen Angelsächsischen Weltreich angehören.«

»Das seinerseits rapide zu einem Vorort Jerusalems verkommt. Ein recht liebenswürdiger Vorort, wie ich zugeben muß, und ein ganz reizendes Jerusalem. Aber doch nur ein Vorort.«

»Also wirklich, gesagt zu bekommen, man bewohne einen Vorort, wenn man in dem Bewußtsein lebt, die Wohltaten der Zivilisation über die ganze Welt auszubreiten! Philanthropie – Sie werden vermutlich sagen, dies sei bloß ein tröstlicher Wahn; und doch müssen selbst Sie zugeben, daß wir, wann immer und wo immer, wie fern und unzugänglich es auch sei, von Mangel, Elend oder Hungersnot erfahren, unverzüglich und im großzügigsten Maßstab Hilfe leisten und sie, wenn es sein muß, bis ans äußerste Ende der Welt bringen.«

Im Gefühl des endgültigen Triumphes hielt die Herzogin inne. Dieselbe Bemerkung hatte sie schon bei einem Gesellschaftsempfang angebracht und war damit außerordentlich gut angekommen.

»Ich frage mich«, sagte Reginald, »ob Sie schon jemals an einem Winterabend am Embankment entlangspaziert sind?«

»Du liebe Zeit, nein, Kind! Warum fragen Sie mich das?«

»Ich nicht; ich habe mich nur gewundert. Außerdem muß auch Ihre Philanthropie, ausgeübt in einer Welt, in der alles auf Wettbewerb gerichtet ist, sowohl über eine Soll- als auch über eine Haben-Seite verfügen. Die jungen Raben schreien nach Nahrung.«

»Und werden gefüttert.«

»Ganz recht. Was voraussetzt, daß sonst jemand als Futter dient.«

»Ach was, Sie wollen mich doch nur reizen. Sie haben so lange Nietzsche gelesen, bis Ihnen jedes Gefühl für moralische Ausgewogenheit abhanden gekommen ist. Darf ich fragen, ob Sie sich überhaupt von irgendwelchen Verhaltensregeln leiten lassen?«

»Es gibt gewisse feststehende Regeln, nach denen man sich zur eigenen Bequemlichkeit richtet. Zum Beispiel: Sei niemals leichtfertig grob zu irgendeinem harmlosen graubärtigen Fremden, dem du in Kiefernwäldern oder Hotels auf dem Kontinent begegnen magst. Er entpuppt sich regelmäßig als der König von Schweden.«

»Diese Zurückhaltung muß Ihnen entsetzlich lästig sein. In meiner Jugend waren

Knaben Ihres Alters noch nett und unschuldig.«

»Jetzt sind wir nur noch nett. Man muß sich heutzutage spezialisieren. Was mich an einen Mann erinnert, von dem ich in irgendeinem heiligen Buch gelesen habe: dem wurde die Erfüllung seines größten Wunsches gewährt. Und da er nicht um Titel und um Ehren und um Würden bat, sondern nur um unermeßlichen Reichtum, so fielen ihm diese anderen Dinge auch noch zu.«

»Ich bin sicher, daß Sie das nicht in einem heiligen Buch gelesen haben.«

»Doch doch; ich glaube, es stand im Debrett.«

Reginalds Friedensgedicht

»ICH SCHREIBE ZUR ZEIT EIN GEDICHT über den Frieden«, sagte Reginald nach gründlicher Durchsuchung einer Büchse gemischter Kekse, in deren Tiefen sich noch die eine oder andere Makrone versteckt haben mochte.

»Mir scheint, in dieser Richtung sind bereits Versuche unternommen worden«, sagte der Andere.

»Ja, ich weiß; aber vielleicht kommt die Gelegenheit nie mehr. Im übrigen habe ich einen neuen Füllfederhalter. Ich will gar nicht so tun, als hätte ich mich um sonderlich originelle Zeilen bemüht; wenn man über den Frieden schreibt, geht es darum, zu sagen, was alle anderen auch sagen, nur besser. Es hebt an mit der üblichen ornithologischen Stimmung:

Westwärts wandt' die Waube ihre
            Schwingen,
Hört' Leute sich vereinigingen,
Hört' ihr Schreien, hört' ihr Singen –«

»Vereinigingen ist gut, aber wieso Waube?«

»Warum nicht? Alles was sich westwärts wendet, fängt natürlicherweise mit einem W an.«

»Muß es sich denn westwärts wenden?«

»Irgendwohin muß der Vogel doch. Er kann ja nicht herumhocken und dumm dreinschauen. Danach lasse ich ein hartgeprüftes Hartebeest über das wüste Veldt galoppieren.«

»Ihnen ist natürlich bekannt, daß es in diesen Regionen so gut wie ausgestorben ist?«

»Das ist nicht meine Schuld, und es galoppiert so hübsch. Ich lasse es alle möglichen Arten unvermuteter Sehnsüchte hegen:

Mutter, darf ich lustig nach Begehr
Zum Halten bringen den Verkehr?

Sie werden freilich einwenden, in dem kahlen und sonnenversengten Veldt gebe es keinen nennenswerten Verkehr; aber mir fällt kein anderes Wort ein, das sich auf Begehr reimt.«

»Himmelsheer?«

Reginald dachte nach. »Das ginge an, aber mit Engeln habe ich später noch viel vor. Engel gehören unbedingt in ein Friedensgedicht hinein; ich weiß recht wenig über ihre Lebensweise.«

»Sie können unerwartete Dinge tun, wie das Hartebeest.«

»Sicher. Darauf wende ich mich London zu, der Stadt Schauriger Nachtstücke, die von Freudenhymnen und Dankgebeten schallt:

Und der Schläfer schlug das Aug' auf,
Hörte jemand, der von Dolly Gray auf
Ewig wortreich Abschied nahm;
Er wälzt' sich matt auf seinem Rollbett,
Drauf pries der Imkerchor im Falsett
Das Geißblatt, was er auch vernahm.

Dergleichen hat Longfellow zu seinen besten Zeiten nicht geschrieben.«

»Da stimme ich Ihnen zu.«

»Ich wünschte, das täten Sie nicht. Ich habe ein sanftes Gemüt, aber ich kann Zustimmung nicht ausstehen. Und das Okapi tut mir so leid.«

Reginald starrte elendiglich die Keksdose an, die jetzt nur noch eine wenig attraktive Versammlung von verschmähten Kringeln bot.

»Ich glaube«, murmelte er, »wenn ich eine

Frau mit einem unbefriedigten Gelüste nach Kringeln fände, sollte ich sie heiraten.«

»Worin besteht die Tragödie mit dem Okapi?« fragte der Andere teilnehmend.

»Ach, einfach darin, daß es keinen Reim drauf gibt. Die ganze Zeit beim Anziehen habe ich darüber nachgedacht – und es ist übel, beim Anziehen nachzudenken – und während des ganzen Essens; und es geht mir noch immer nach. Ich komme mir vor wie einer dieser pechsträhnigen Automobilisten, die mitten in der meistbegangenen Straße wie motorische Versager plötzlich auf der Strecke bleiben. Ich fürchte, ich werde das Okapi herauslassen müssen, dabei hat es dem Ganzen so ein herrliches Lokalkolorit verliehen.«

»Immerhin haben Sie ja noch das hartgeprüfte Hartebeest.«

»Und einen dekorativen Beitrag zur moralischen Belehrung – wenn man den Sinn herausgewrungen hat –

> Laß, Krieg, dein Schlachtgetös'
>   und Schwerterzücken
> Und unsern Friedenskrug nur um so
>   werter schmücken!

Immer noch passender, als wenn sich Wärter

um den Pflug scharen. Jetzt kommt noch etliches über die Segnungen des Friedens, soll ich weiterlesen?«

»Vor die Wahl gestellt, wäre es mir doch lieber, man würde mit dem Krieg fortfahren.«

Reginalds Kirchenchorveranstaltung

»MAN SOLL NIE«, SCHRIEB REGINALD AN seinen teuersten Freund, »Pionier sein. Der zuerst aufgestandene Christ bekommt den fettesten Löwen.«

Reginald war, auf seine Weise, Pionier.

Niemand aus seiner übrigen Familie hatte irgend etwas Ähnliches wie tizianrotes Haar oder Sinn für Humor aufzuweisen, und man verwendete Primeln als Tischdekoration.

Daraus folgt, daß sie kein Verständnis hatten für Reginald, der stets zu spät zum Frühstück herunterkam, seinen Toast benagte und despektierliche Dinge über das Universum sagte. Die Familie aß Haferbrei und glaubte an alles, sogar an die Wettervorhersage.

Daher atmete die Familie auf, als die Tochter des Vikars Reginalds Bekehrung in die Hand nahm. Ihr Name war Amabel, es war des Vikars einzige Extravaganz. Amabel galt als eine Schönheit und intellektuell begabt; sie spielte kein Tennis und soll Maeterlincks *Leben der Bienen* gelesen haben. Wer sich in einem kleinen Dorf auf dem Lande des Tennisspielens enthält *und* Maeterlinck liest, ist notwendigerweise ein Intellektueller. Außerdem war sie zweimal in Fécamp gewesen, um einen untadeligen französischen Akzent von den dort weilenden Amerikanern zu erwerben; demzufolge besaß sie eine Kenntnis der Welt, die ihr im Umgang mit einem Weltling zustatten kommen mochte.

Und deswegen beglückwünschte sich die Familie, als Amabel die Bekehrung ihres widerspenstigen Mitglieds in die Hand nahm.

Amabel eröffnete den Feldzug, indem sie ihren arglosen Schützling zum Tee in den Pfarrhausgarten einlud; sie glaubte an den heilsamen Einfluß einer natürlichen Umgebung, da sie noch nicht in Sizilien gewesen war, wo die Dinge etwas anders liegen.

Und wie jede Frau, die je einem unbußfertigen Jüngling innere Umkehr gepredigt hat, hielt sie ihm eindringlich die Sündhaftigkeit eines eitlen Lebens vor, welches auf dem Lande, wo die Leute sich früh erheben, um nachzusehen, ob über Nacht eine neue Erdbeere stattgefunden habe, immer noch ungemein skandalöser scheint.

Reginald erinnerte an die Lilien auf dem Felde, »die einfach dasaßen und schön aussahen und jeglichen Wettbewerb verschmähten.«

»Aber das ist doch kein Beispiel, dem wir folgen sollten«, stöhnte Amabel.

»Leider können wir uns das nicht leisten. Sie ahnen ja nicht meine unendlichen Mühen, um es den Lilien in ihrer kunstvollen Schlichtheit gleichzutun.«

»Sie sind mit Ihrem Äußeren wahrhaftig unanständig eitel. Ein gutes Leben gilt unendlich viel mehr als ein gutes Aussehen.«

»Sie werden mir beipflichten, daß das eine mit dem anderen unvereinbar ist. Ich sage immer: Schönheit vergeht – aufs angenehmste.«

Amabel dämmerte die Erkenntnis, daß das Schlachtenglück nicht immer bei den Zielstrebigen ist. Mit den urdenklichen Kriegslisten ihres Geschlechts ließ sie von dem Frontalangriff ab und schob ihre mühselige beistandslose Gemeindearbeit, ihre geistige Einsamkeit, ihre Entmutigungen in den Untergrund – und zauberte im günstigen Augenblick Erdbeeren mit Schlagsahne auf den Tisch. Von letzteren war Reginald offensichtlich angetan, und als seine

Erzieherin ihm den Vorschlag machte, das Tätige Leben durch seine unterstützende Aufsicht über die jährliche Landpartie der ländlichen Jugend zu beginnen, aus der sich der Dorfchor zusammensetzte, da leuchteten seine Augen mit der unheildrohenden Begeisterung eines Bekehrten.

Reginald verlegte sich, soweit es Amabel anging, allein auf das Tätige Leben. Auch die tugendhafteste Frau ist nicht gefeit gegen feuchtes Gras, und Amabel lag mit einer Erkältung darnieder. Reginald nannte das Vorsehung; es war der Traum seines Lebens gewesen, einmal bei einem Chor-Ausflug Regie zu führen. Mit strategischem Weitblick lenkte er seine schüchternen, rundschädeligen Zöglinge zum nächstgelegenen Waldbach und bewilligte ihnen ein frisches Bad; er selber legte sich dann auf ihre hingestreuten Kleider und sann über ihre unmittelbare Zukunft nach, die, wie er verfügte, in einer bacchantischen Prozession durchs Dorf gipfeln sollte. In kluger Voraussicht hatte er bereits für einen Vorrat an Blechpfeifen gesorgt, die Beteiligung eines Ziegenbocks aus einem angrenzenden Obstgarten war ein begnadeter nachträglicher Einfall. Eigentlich, bemerkte Reginald, hätten noch Pantherfelle zur Ausstattung gehört; unter den Umständen durften aber alle, die getüpfelte Taschentücher mitgebracht hatten, sich diese ersatzweise umhängen, was sie auch dankbar taten. Reginald sah die Unmöglichkeit ein, seinen fröstelnden Novizen in der zu Gebote stehenden Zeit einen Preisgesang auf den Gott Bacchus beizubringen, weshalb er sie mit einer bekannteren, wenn auch weniger passenden Temperenzlerhymne auf den Weg trieb. Was zählt, sagte er, ist schließlich der Geist einer Unternehmung. Der Gepflogenheit von Dramatikern an Premierenabenden folgend, blieb er diskret im Hintergrund, während sich die Prozession reichlich verzagt mit Ach und Weh und ihrem Ziegenbock dem Dorf zuwand. Der kümmerliche Gesang war schon lange vor dem Erreichen der Hauptstraße erstorben, doch das erbärmliche Gefiepe der Pfeifen lockte die Einwohner an ihre Haustüren. Reginald sagte aus, er habe Ähnliches schon auf Gemälden gesehen; den Dörflern hingegen war derartiges in ihrem Leben noch nie unter die Augen gekommen, und sie ließen ihren Äußerungen freien Lauf.

Die Familie hat Reginald nie verziehen. Sie hatte eben keinen Sinn für Humor.

Reginald über Sorgen

ICH HABE (SAGTE REGINALD) EINE TANTE, die sich Sorgen macht. Im Grunde ist sie keine echte Tante – eher eine Art Amateurin, und es sind im Grunde keine echten Sorgen. Sie hat gesellschaftlich Erfolg und keine erwähnenswerten Tragödien in ihrem Haus, also adoptiert sie alles, was an dekorativen Kümmernissen im Schwange ist, mich eingeschlossen. Auf diese Weise ist sie die Antithese, oder wie immer das heißt, zu jenen bekanntlich feinen, niemals klagenden Frauen, denen einmal Böses zugestoßen ist und die seither Scheuklappen tragen. Natürlich hat man sie darum von Herzen gern, doch muß ich gestehen, daß sie mir Unbehagen verursachen; sie erinnern einen so an eine Ente, die mit ingrimmiger Heiterkeit noch lange umherflattert, nachdem man ihr den Kopf abgeschnitten hat. Enten haben einfach keine Ruhe. Nun, meine Tante hat eine Haarfarbe, die ihr steht, eine Köchin, die sich mit den anderen Dienstboten herumzankt, was immer ein hoffnungsvolles Zeichen ist, und ein Gewissen, das etwa elf Monate im Jahr abwesend ist und nur zur Fastenzeit auftritt, um die Verwandten ihres Gatten zu traktieren, die beträchtlich unterhalb der Engel stehen: ausgestattet mit all diesen natürlichen Vorzügen – sie gibt ihren besonderen bronzenen Farbton als einen natürlichen Vorzug aus, und über diesen Vorzug selber kann man gar nicht geteilter Meinung sein –, muß sie sich ihre Heimsuchung freilich ins Haus liefern lassen, gleich jenen Restaurants, die über keine Konzession verfügen. Diese Methode hat den Vorteil, daß man seine Schicksalsschläge stets passend zu den anderweitigen Verpflichtungen auswählen kann, wohingegen echte Sorgen sich während der Mahlzeiten, beim Ankleiden oder in anderen feierlichen Augenblicken einzustellen belieben. Ich kannte einmal einen Kanarienvogel, der monate- und jahrelang versucht hatte, sich eine Familie auszubrüten, was von jedermann als verzeihliche Vernarrtheit angesehen wurde, wie etwa der Verkauf der Delagoa-Bai, der, würde er je abgeschlossen, die Presseagenturen teuer zu stehen käme; und eines Tages brachte es der Vogel tatsächlich zuwege, und dies mitten während des Familiengebets. Ich sage zwar mitten drin, aber es war auch das Ende: man kann nicht weiterhin für sein tägliches Brot danken, wenn man sich fragt, womit denn eigentlich frischgeschlüpfte Kanarienvögel gefüttert werden wollen.

Gegenwärtig befindet sie sich wegen der Behandlung der Juden in Rumänien in einer ziemlich balkanischen Verfassung. Ich persönlich finde, daß die Juden schätzbare Eigenschaften besitzen; sie sind so freundlich zu ihren eigenen Armen – und zu unseren eigenen Reichen. Ich möchte meinen, in Rumänien ist es nicht sonderlich kostspielig, über seine Verhältnisse zu leben. Hier bei uns besteht das Problem, daß so viele Leute, die mit ihrem Geld um sich werfen, so vage Vorstellungen davon zu haben scheinen, wohin sie es werfen sollen. Da gibt es zum Beispiel diesen Fonds zur Unterstützung der Opfer jäher Katastrophen – was eine jähe Katastrophe ist? Nehmen wir Marion Mulciber, die sich das Bridgespielen zutraute, so wie sie sich zutraute, mit dem Fahrrad einen Berg hinunterzufahren; bei jener Gelegenheit kam sie ins Krankenhaus, und jetzt ist sie in einen Nonnenorden gegangen – hat alles verloren, was sie besaß, wissen Sie, und den Rest dem Himmel vermacht. Und doch kann man das nicht als jähes Unglück bezeichnen; das fand bereits bei der Geburt der armen lieben Marion statt. Die Ärzte haben damals behauptet, sie werde die nächsten zwei Wochen nicht überleben, und seitdem probiert sie nur noch aus, ob es nicht doch geht. Frauen sind ja so eigensinnig.

Und dann die Erziehungs-Frage – nicht daß ich in dieser Richtung irgend etwas sähe, worüber man sich sorgen müßte. Meiner Ansicht nach ist Erziehung eine absurd überschätzte Angelegenheit. Zum mindesten hat man sie in der Schule, wo doch alles getan wurde, sie einem deutlich unter die Nase zu reiben, nie sonderlich ernst genommen. Alles Wissenswerte bringt man sich doch praktisch selbst bei, und das übrige drängt sich früher oder später von allein auf. Der Grund, warum die eigenen Vorgänger so vergleichsweise wenig wissen, liegt darin, daß sie so vieles wieder verlernen müssen, was sie vor unserer Geburt durch ihre Erziehung erworben haben. Selbstverständlich glaube ich an das Studium der Natur; wie sagte ich doch zu Lady Beauwhistle: Wenn Sie eine Lektion in behutsamer Geziertheit brauchen, beobachten

Sie einfach einmal, mit welch einer kunstvollen Gleichgültigkeit eine Perserkatze einen überfüllten Salon betritt, und dann gehen Sie hin und üben das fleißig zwei Wochen lang. Wissen Sie, die Beauwhistles waren nicht in Samt und Seide geboren, sind aber auf dem besten Wege dorthin – nach dem System der Ratenzahlung: soundsoviel in bar, und den Rest, wenn man gerade Lust hat. Sie sind von Herzen gutmütig, und sie vergessen nie einen Geburtstag. Ich weiß nicht mehr, was er eigentlich war, irgend etwas in der City, wo der Patriotismus herkommt; und sie – nun ja, ihre Kleider werden in Paris geschneidert, aber sie trägt sie immer mit stark englischem Akzent. Sie ist immer aufs Gemeinwohl bedacht. Ich denke, sie muß sehr streng erzogen worden sein, sie bemüht sich so verzweifelt, die falschen Dinge korrekt auszuführen. Nicht daß das heutzutage wirklich etwas ausmacht, wie ich ihr sagte: ich kenne einige vollkommen tugendhafte Leute, die überall willkommen sind.

Reginald über Einladungen

DER NACHTEIL IST, DASS MAN SEINE GAST-geber und Gastgeberinnen nie richtig kennt. Man lernt ihre Foxterrier und ihre Chrysanthemen kennen und findet heraus, ob die Geschichte mit dem Laufwagen im Salon von der Leine gelassen werden kann oder, aus Angst vor öffentlichem Anstoß, jedem Mitglied der Party unter vier Augen erzählt werden muß; nur Gastgeber und Gastgeberin sind eine Art menschliches Hinterland, zu dessen Erforschung stets die Zeit fehlt.

Ich war einmal bei einem Herrn in Warwickshire zu Gast; der bestellte zwar sein eigenes Land, war aber ansonsten recht solide. Ich hätte ihm nie eine Seele zugemutet, doch nicht sehr lange darauf ist er mit der Witwe eines Löwenbändigers durchgebrannt und hat sich irgendwo am Persischen Golf als Golflehrer etabliert;

natürlich furchtbar unmoralisch, da er nur ein mittelmäßiger Spieler war, aber immerhin bewies er Phantasie. Seine Frau war wirklich zu bemitleiden, weil er der einzige Mensch im Haus gewesen war, der mit den Launen der Köchin zurechtkam; und jetzt muß sie »Deo volente« auf ihre Dinner-Einladungen schreiben. Freilich ist das noch immer besser als ein Familien-Skandal; eine Frau, die ihre Köchin verläßt, wird ihre gesellschaftliche Stellung nie wieder ganz zurückgewinnen.

Das mag wohl umgekehrt auch für die Gastgeber gelten; sie sind selten mit ihren Gästen mehr als oberflächlich vertraut, und gerade wenn sie einen tatsächlich ein bißchen näher kennengelernt haben, liegt ihnen an der Bekanntschaft schon nichts mehr. Ein Hauch von Winter lag in der Luft, als ich damals Abschied nahm von jenen Leuten in Devonshire. Ich war da nämlich zur Jagd eingeladen gewesen, und in dergleichen bin ich alles andere als beschlagen. Eine tödliche, öde Gleichartigkeit haftet diesen Rebhühnern an; wenn man eines verfehlt hat, hat man alle verfehlt – zumindest habe ich diese Erfahrung gemacht. Im Rauchsalon versuchten sie mich dann wegen meiner Unfähigkeit, auf fünf Yard Entfernung einen Vogel zu treffen, aufzuziehen; ihre rindsmäßige Plumpheit daran erinnerte mich an Kühe, die um eine Viehbremse herumsummen und sie damit zu reizen meinen. Also stand ich am nächsten Morgen mit der ersten Dämmerung auf – ich weiß, daß es Dämmerung war, weil Lerchengezirpe vom Himmel herunterkam und das Gras aussah, als hätte es die ganze Nacht draußen gelegen –; ich stöberte das auffälligste gefiederte Prachtstück auf, das in Reichweite vorzufinden war, maß den Abstand, so gut es der Vogel zuließ, und feuerte drauf los. Hinterher wollte man mir weismachen, der Vogel sei recht zahm gewesen; das ist schlichtweg dumm, denn nach den ersten paar Schüssen war er ganz schön wild geworden. Danach beruhigte er sich ein wenig, und als seine Beine einmal aufgehört hatten, der Landschaft Lebewohl zu winken, ließ ich ihn von einem Gärtnerburschen ins Vestibül schleppen, wo er jedermann auf dem Weg zum Frühstück in die Augen springen mußte. Ich selbst hatte oben gefrühstückt. Ich vernahm später, daß das Mahl einen sehr unchristlichen Anstrich gehabt hatte. Vermutlich bringt es Unglück, wenn man Pfauenfedern in ein Haus bringt; der Blick, mit dem mich meine Gastgeberin beim Abschied bedachte,

hatte jedenfalls etwas von einem Rotstift an sich.

Manche Gastgeberinnen verzeihen natürlich alles, bis hin zum Pavonizid (gibt es so ein Wort?), solange man nur adrett aussieht und hinreichend ungewöhnlich ist, um einige der Anderen aufzuwiegen; und es gibt Andere – zum Beispiel das Mädchen, das Meredith liest und mit unnatürlicher Pünktlichkeit zu den Mahlzeiten in einem Kleid erscheint, das in Eile verfertigt und in Muße bereut worden ist. Am Ende findet ihresgleichen den Weg nach Indien und einen Ehemann und kehrt dann wieder heim, um die Königliche Akademie zu bewundern und sich dem häuslichen Wahn hinzugeben, eine mittelmäßige Curry-Garnele sei jederzeit ein wirksamer Ersatz für alles, was wir als Lunch zu verehren gelernt haben. Erst dann wird sie wirklich gefährlich; aber auch im schlimmsten Fall ist sie nicht so verheerend wie die Frau, die *Markt-und-Börsen*fragen auf einen losfeuert, ohne den geringsten Anlaß. Stellen Sie sich vor, wie ich neulich gerade alles daransetzte, meine eigenen Aussagen zu begreifen, da werde ich von einer dieser Sucherinnen nach ländlichen Binsenwahrheiten gefragt, wieviel Hühner sie in einem zehn mal sechs

Fuß oder was weiß ich großen Gehege halten könne! Ich antwortete ihr Jede Menge, solange sie nur die Tür verschlossen halte, und die Idee schien sie unvorbereitet zu treffen; wenigstens hat sie bis zum Schluß der Mahlzeit darüber nachgebrütet.

Natürlich kennt man, wie gesagt, sein Terrain im Grund nie richtig, und man mag gelegentlich einen Fehler begehen. Andererseits erweisen sich manche dieser Fehler auf lange Sicht als Aktivposten: wenn wir unsere amerikanischen Kolonien nicht so stümperhaft verspielt hätten, wären wir nie in den Genuß unseres Vetters aus den Staaten gekommen, der uns belehrt, wie wir das Haar zu tragen und unsere Kleider zuzuschneiden haben, und man muß seine Ideen schließlich von irgendwoher beziehen. Wahrscheinlich ist sogar der Rabauke eine chinesische Erfindung, Jahrhunderte bevor wir auch nur an ihn dachten. England muß erwachen, wie der Herzog von Devonshire oder sonstwer kürzlich sagte. Ah, ja, dann war es halt jemand anders. Nicht daß ich mich der Verzweiflung über die Zukunft je hingäbe; es hat schon immer Männer gegeben, die mit Verzweiflung über die Zukunft hantiert haben, und wenn die Zukunft dann eingetreten ist, geht sie hin und sagt nette, überlegene Dinge darüber, daß diese Leute auch nur ihr Bestes gegeben hätten. Entsetzliche Vorstellung, daß sich anderer Leute Enkel dereinst erheben und einen liebenswürdig nennen könnten.

Es gibt Augenblicke, da man sich in Herodes' Lage versetzen kann.

Reginald im Carlton

»EIN HÖCHST UNBESTÄNDIGES KLIMA«, sagte die Herzogin; »und wie beklagenswert, daß wir dieses kalte Wetter ausgerechnet zu einer Zeit haben mußten, wo die Kohle so teuer war! Wie bedrückend für die Armen!«

»Jemand hat einmal festgestellt, die Vorsehung sei stets auf der Seite der hohen Dividenden«, bemerkte Reginald.

Die Herzogin verspeiste eine Sardelle auf schockierte Weise; sie war hinreichend altmodisch, um mangelnde Hochachtung vor Dividenden zu mißbilligen.

Die Wahl des Futterplatzes hatte Reginald ihrer weiblichen Intuition überlassen, den Wein aber wählte er selbst, denn er wußte, daß weibliche Intuition vor einem Claret haltmacht. Eine Frau mag frohgemut Gatten für ihre weniger attraktiven Freundinnen auswählen oder in einer politischen Kontroverse Partei ergreifen, ohne von den dazugehörigen Tatsachen die geringste Kenntnis zu haben – aber noch keine Frau hat je frohgemut einen Claret ausgewählt.

»Horsd'œuvres sind für mich seit je von tragischem Reiz«, sagte Reginald: »sie erinnern mich an die Kindheit, die man durchlebt mit der Frage, wie wohl der nächste Gang sein werde – und im weiteren Verlauf des Menüs wünscht man sich dann, man hätte mehr von der Vorspeise gegessen. Macht es Ihnen keinen Spaß zu beobachten, wie verschieden die Leute ein Restaurant betreten? Da gibt es die Frau, die hereingestürmt kommt, als würde ihr ganzer Lebensplan von einer einzigen Nadel des Despotismus zusammengehalten, die jederzeit ihren Dienst versagen könnte; man ist geradezu erleichtert, wenn man sie ihren Platz in Sicherheit erreichen sieht. Dann gibt es Leute, die mit einer Miene lästiger Pflichterfüllung hereinmarschiert kommen, als seien sie Todesengel, die in eine pestverseuchte Stadt einziehen. Diesen Typus des Briten trifft man sehr häufig in Hotels im Ausland an. Allgegenwärtig sind heutzutage die Johannes-Bourgeois, die eine Vom-Kap-bis-Kairo-Stimmung verbreiten – man könnte das vielleicht als Rand-Gebaren bezeichnen.«

»Apropos Hotels im Ausland«, sagte die Herzogin, »ich sammle zur Zeit Notizen für einen Vortrag im Club über die bildende Wirkung des modernen Reisens, worin ich mich hauptsächlich mit dem moralischen Aspekt dieses Problems beschäftige. Ich sprach neulich mit Lady Beauwhistles Tante – sie ist gerade aus Paris zurück, wissen Sie, was für eine feine Frau —«

»Und was für eine törichte. In diesen Zeiten der Über-Bildung der Frau eine erquickende Ausnahme. Man sagt, manche Leute hätten die Belagerung von Paris mitgemacht, ohne zu wissen, daß Frankreich und Deutschland gegeneinander Krieg führten; die Tante Beauwhistle hingegen soll den ganzen Winter in Paris unter dem Eindruck verbracht haben, die Humberts seien eine Fahrrad-Marke... Gibt es nicht einen Bischof oder sowas, der glaubt, wir würden sämtlichen Tieren, die wir auf Erden kennengelernt haben, in einer Anderen Welt wiederbegegnen? Welch furchtbar peinliche Vorstellung, einen ganzen Schwarm Weißfische wiederzusehen, die man zuletzt bei Prince's vor sich gehabt hat! In meiner Verlegenheit würde ich bestimmt von nichts anderem reden als von Zitronen. Und doch möchte ich meinen, daß sie genauso beleidigt wären, wenn man sie nicht gegessen hätte. Mich jedenfalls würde es, wenn ich bei einem Kannibalen-Fest aufgetischt würde, schrecklich ärgern, wenn jemand an mir aussetzte, ich sei nicht zart genug oder zu lange gelagert worden.«

»Ich beabsichtige mit meinem Vortrag«, ergriff die Herzogin hastig das Wort, »die Frage aufzuwerfen, ob das promiskuitive Bereisen des Kontinents nicht zu einer Schwächung des moralischen Rückgrats des gesellschaftlichen Bewußtseins führt. Man kennt doch Leute – recht nette Leute, solange sie in England sind –, die sich schlagartig verändern, sobald sie sich irgendwo auf der anderen Seite des Kanals befinden.«

»Das sind die Leute mit den Tauchnitz-Sitten, wie ich das nenne«, bemerkte Reginald. »Im großen und ganzen, denke ich, bekommen sie von zwei sehr wünschenswerten Welten das Beste ab. Und außerdem berechnet man auf manchen dieser ausländischen Linien so viel fürs Zusatzgepäck, daß es wahrhaftig ein Gebot der Sparsamkeit ist, seinen Ruf gelegentlich einmal zurückzulassen.«

»Ein Skandal, mein lieber Reginald, sollte in Monaco oder sonst einem dieser Orte ebensosehr vermieden werden wie in Exeter, zum Beispiel.«

»Skandal, meine liebe Irene – ich darf doch Irene zu Ihnen sagen?«

»Ich wüßte nicht, daß Sie mich dazu schon lange genug kennen.«

»Ich kenne Sie länger, als Ihre Paten Sie kannten, als die sich die Freiheit nahmen, sie bei diesem Namen zu nennen. Skandal ist nichts weiter als das mitleidige Zugeständnis, das die Lebenslustigen den Langweilern machen. Überlegen Sie doch, wie viele untadelige Leben von den funkelnden Indiskretionen anderer Leute aufgehellt werden. Sagen Sie mal, wer ist denn die Frau da mit den altmodischen Spitzen am Tisch links von uns? Ach, *das* macht nichts: heutzutage ist es ganz modern, Leute anzustarren, als wären sie einjährige Fohlen bei Tattersall's.«

»Mrs. Spelvexit? Eine ganz reizende Frau; von ihrem Mann getrennt —«

»Einkommensverhältnisse nicht zureichend?«

»O nein, nichts dergleichen. Durch Meilen zugefrorenen Ozeans, wollte ich fortfahren. Er erforscht Treibeis-Schollen und studiert die Wanderungen der Heringe, und hat ein höchst interessantes Buch über das häusliche Leben der

Eskimos geschrieben; sein eigenes häusliches Leben kommt dabei freilich arg zu kurz.«

»Ein Ehemann, der mit dem Golfstrom nach Hause kommt, wäre in der Tat ein ziemlich fest angelegter Vermögensposten.«

»Seine Frau löst das auf ungemein vernünftige Weise. Sie sammelt Briefmarken. Das ist ja so entspannend. Die Leute da bei ihr sind die Whimples, ganz alte Bekannte von mir; sind ständig in Schwierigkeiten, die armen Leutchen.«

»Schwierigkeiten gehören nicht zu jenen Grillen, die man jederzeit annehmen und aufgeben kann; damit verhält es sich wie bei einer Moorhuhn-Zucht oder beim Opiumrauchen – hat man einmal damit angefangen, muß man damit fortfahren.«

»Ihr ältester Sohn hat sie schwer enttäuscht; sie wollten, daß er Linguist würde, und gaben unendlich viel Geld für seine Sprachausbildung aus – ach, Dutzende von Sprachen! –, und dann wurde er Trappistenmönch. Und der Jüngste, der für den amerikanischen Heiratsmarkt vorgesehen war, hat politische Neigungen entwickelt und verfaßt Pamphlete gegen die Wohnverhältnisse der Armen. Natürlich ist das ein durchaus wichtiges Problem, dem ich selbst an den Vormittagen einen guten Teil meiner Zeit widme; aber man sollte, wie Laura Whimple sagt, erst einmal selbst ein Dach über dem Kopf haben, bevor man über das anderer Leute agitiert. Das geht ihr bitter nahe, aber ihren fröhlichen Appetit behält sie immer, was ich doch für sehr selbstlos halte.«

»Es gibt verschiedene Arten, mit Enttäuschungen fertig zu werden. Ich kannte einmal ein Mädchen, das einen reichen Onkel mit wahrhaft christlicher Seelenstärke durch eine lange Krankheit hin pflegte. Und dann starb er und hinterließ sein Geld einem Hospital für Schweinepest-Kranke. Darauf stellte sie fest, daß sie ihren Vorrat an Seelenstärke nahezu aufgebraucht hatte; und jetzt rezitiert sie auf Salonempfängen Verse. Sowas nenne ich nachtragend.«

»Das Leben ist voller Enttäuschungen«, bemerkte die Herzogin, »und ich denke mir, die Kunst, glücklich zu sein, besteht darin, sie als Illusionen zu verkleiden. Aber das, mein lieber Reginald, wird mit zunehmendem Alter immer schwieriger.«

»Ich glaube, das ist viel weiter verbreitet, als Sie sich vorstellen. Die Jungen haben Hoffnungen, die sich nie erfüllen; die Alten haben Erinnerungen an Dinge, die nie geschehen sind. Nur die Leute mittleren Alters sind sich ihrer Beschränkungen wirklich bewußt – eben darum sollte man mit ihnen so nachsichtig sein. Aber das ist man nie.«

»Immerhin«, sagte die Herzogin, »mögen die Ernüchterungen des Lebens davon abhängen, wie wir es einschätzen. In den Köpfen derer, die nach uns kommen, wird man sich unserer womöglich aufgrund von Eigenschaften und Erfolgen erinnern, die wir überhaupt nicht an uns wahrgenommen haben.«

»Es ist nicht immer gefahrlos, sich auf das Erinnerungsvermögen unserer Nachfahren zu verlassen. Auch im Leben der mittelalterlichen Heiligen mag es Enttäuschungen gegeben haben, aber sie wären wohl kaum zufriedener gewesen, wenn sie hätten vorhersehen können, daß ihre Namen heutzutage hauptsächlich mit Rennpferden und billigeren Weinsorten in Verbindung gebracht werden. Und jetzt wollen wir, falls Sie sich von den Salzmandeln losreißen können, unter den Palmen, die zu unserem Unbehagen so unerläßlich sind, einen Kaffee trinken gehen.«

DIE FRAU,
DIE DIE WAHRHEIT
SAGTE

Reginald über Gewohnheitssünden

ES WAR EINMAL (ERZÄHLTE REGINALD) eine Frau, die die Wahrheit sagte. Natürlich nicht auf einen Schlag, sondern die Gewohnheit kam allmählich über sie wie Flechten über einen scheinbar gesunden Baum. Sie hatte keine Kinder – sonst wäre es wohl anders verlaufen. Es begann mit Kleinigkeiten, aus keinem besonderen Grund, als daß sie eben ein ziemlich leeres Leben führte und man dann leicht auf die Gewohnheit verfällt, in Kleinigkeiten die Wahrheit zu sagen. Und dann wurde es schwierig, die Grenze zu den bedeutenderen Dingen zu ziehen, bis sie sich am Ende darauf verlegte, sogar ihr Alter anzugeben; sie sagte, sie sei zweiundvierzig Jahre und fünf Monate alt – Sie sehen, damals war sie wahrhaftig bis zu den Monaten. Das mag den Engeln ein Wohlgefallen gewesen sein, aber ihre ältere Schwester war alles andere als erfreut. Zum Geburtstag der Frau schenkte ihr die Schwester anstelle der erhofften Opernkarten eine Ansicht von Jerusalem vom Ölberg aus, was nicht ganz dasselbe ist. Die Rache einer älteren Schwester mag lange auf sich warten lassen, doch wie der Süd-Ost-Expreß trifft sie früher oder später doch noch ein.

Die Freunde der Frau versuchten ihr die übertriebene Schwelgerei auszureden, aber sie sagte, sie sei mit der Wahrheit vermählt; worauf die Bemerkung fiel, daraus folge keine Notwendigkeit, so häufig zusammen in der Öffentlichkeit aufzutreten. (Keine wirklich vorausblickende Frau speist regelmäßig mit ihrem Gatten zu Mittag, wenn sie ihm beim Abendessen als plötzliche Offenbarung aufzutreten wünscht. Man muß ihm Zeit zum Vergessen einräumen; ein Nachmittag reicht dazu nicht aus.) Und nach einer Weile begann die Zahl ihrer Freundinnen strähnenweise dahinzuschwinden. Ihre Hingabe an die Wahrheit war mit einer gesellschaftlichen Entfaltung nicht zu vereinbaren. So sagte sie Miriam Klopstock *genau*, wie sie auf dem Ball der Ilexes ausgesehen habe. Sicher hatte Miriam nach ihrer aufrichtigen Meinung gefragt, aber die Frau sprach auch jeden Sonntag in der Kirche Gebete für den Frieden in unserer Zeit, und das war ja nun nicht zu vereinbaren.

Wie jedermann beipflichtete, traf es sich schlecht, daß sie keine Familie hatte; bei einem oder zwei Kindern im Haus wird eine allzu freimütige Hingabe an die Wahrheit schnell im Zaum gehalten. Kinder sind uns gegeben, uns vor besseren Wallungen bange zu machen. Eben deshalb kann die Bühne, trotz all ihrer Bemühungen, nie so künstlich sein wie das Leben; selbst in einem Drama von Ibsen muß man dem Publikum Dinge offenbaren, die man vor Kindern oder Dienstboten verschweigen würde.

Das Schicksal mag die Wahrhaftigkeit von allem Anfang an angeordnet haben und sollte daher gerechterweise auch seinen Teil des Tadels abbekommen; durch ihre Kinderlosigkeit aber hat sich die Frau zumindest der fahrlässigen Mittäterschaft schuldig gemacht.

Nach und nach dämmerte ihr, daß sie zu einer Sklavin dessen wurde, was einmal als bloße müßige Neigung angefangen hatte; und eines Tages sah sie klar. Jede Frau erzählt ihrer Schneiderin neunzig Prozent der Wahrheit; die restlichen zehn sind das Existenzminimum an

Täuschung, das keine Kundin mit noch einem Funken Selbstachtung unterschreitet. Madame Dragas Hauswesen war ein Treffpunkt nackter Wahrheiten und allzu drapierter Fiktionen, und hier kam der Frau der Einfall zu einem letzten Versuch, die arglose Verhüllung vergangener Zeiten wieder aufleben zu lassen. Madame selbst war inspirierender Laune und gebärdete sich wie eine Sphinx, die alles wußte und das meiste davon zu vergessen vorzog. Als Kriegs-Ministerin hätte sie berühmt werden können, doch gab sie sich damit zufrieden, lediglich reich zu sein.

»Wenn ich hier etwas abnehme, und – Miss Howard, einen Moment bitte – und dorthin, und dann so im Kreis – so etwa – ich dächte doch, Sie müßten das ganz einfach finden.«

Die Frau zögerte; es schien nur so wenig Mühe zu erfordern, sich schlicht in Madames Ansichten zu fügen. Aber die Gewohnheit war übermächtig geworden. »Ich fürchte«, sagte sie schwankend, »es ist um eine winzige Haaresbreite zu —«

Und mit dieser winzigen Haaresbreite vermaß sie nun die Abgründe und Ewigkeiten ihrer Unterworfenheit unter die Tatsachen. Madame war nicht allzu erfreut über diesen

Widerspruch in einer professionellen Angelegenheit, und wenn Madame die Geduld verlor, bekam man dafür später gewöhnlich die Rechnung.

Und endlich geschah das Entsetzliche, so wie es die Frau schon immer vorhergesehen hatte; es war eine jener lumpigen kleinen Wahrheiten, über die sie sich von früh bis spät zermartert hatte. An einem rauhen Mittwochmorgen nannte sie die Köchin mit wenigen schlecht gesetzten Worten unverblümt eine Trinkerin. Später war ihr die Szene so lebhaft in Erinnerung, als sei sie ihr von Abbey ins Gedächtnis gemalt worden. Die Köchin war eine gute Köchin, wenn man's recht bedenkt, und die gute Köchin, die es recht bedachte, ging.

Am nächsten Tag kam Miriam Klopstock zum Lunch. Frauen und Elefanten vergessen eine Beleidigung nie.

Reginalds Theaterstück

REGINALD SCHLOSS SEINE AUGEN MIT dem umständlichen Überdruß eines Mannes, der hübsche Augenlider hat und dies zu verbergen nicht für nötig hält.

»Eines Tages«, sagte er, »werde ich ein wahrhaft großes Drama schreiben. Niemand wird verstehen, worauf es hinauswill, aber alle werden nach Hause gehen mit einem vagen Gefühl der Unzufriedenheit mit ihrem Leben und ihrer Umgebung. Dann werden sie neue Tapeten aufhängen und die Sache vergessen.«

»Aber was ist mit denen, die im ganzen Haus Eichentäfelung haben?« fragte der Andere.

»Die können jederzeit neue Treppenläufer verlegen«, fuhr Reginald fort, »und überhaupt ist es nicht meine Aufgabe, das Publikum mit einem glücklichen Ende zu versehen. Das Stück würde allen ganz ordentlich an den Nerven zerren. Ich sollte einen Bischof dafür gewinnen, es für unmoralisch und prachtvoll zu erklären – daran hat noch kein Dramatiker je gedacht, und alles würde herbeiströmen, um den Bischof zu verdammen, und vor schierer Nervosität ausharren. Schließlich erfordert es eine beträchtliche Portion moralischen Mutes, mitten im zweiten Akt vor aller Augen pointiert hinauszugehen, wenn die Kutsche erst für Mitternacht bestellt ist. Anfangen würde es mit Wölfen, die in einsamer Wüste etwas zerfleischen – natürlich sähe man sie nicht; aber man würde sie knurren und nagen hören, und vielleicht sollte ich einen Hauch von Wolfsgeruch über die Rampe streichen lassen. Wie gut sich das auf dem Programm machen würde: »Wölfe im ersten Akt, von Jamrach«. Und die alte Lady Whortleberry, die keine Premiere ausläßt, würde kreischen. Sie ist ständig nervös, seit dem Verlust ihres ersten Mannes. Er starb ganz plötzlich als Zuschauer bei einem Grafschafts-Kricketmatch; während sieben Läufen waren zweieinhalb Zoll Regen gefallen, und man nahm an, daß die Aufregung ihn umgeworfen hatte. Jedenfalls hat sie das ziemlich hergenommen; es war ja auch der erste Ehemann, den sie verloren hatte, und jetzt kreischt sie immer, wenn irgend etwas Ergreifendes zu früh nach dem Abendessen passiert. Und hätte das Publikum einmal die Whortleberry kreischen gehört, dann käme die Sache ordentlich in Gang.«

»Und die Handlung?«

»Die Handlung«, sagte Reginald, »wäre eine dieser alltäglichen Tragödien, die man überall um sich her wahrnimmt. Mir schwebt der Fall der Mudge-Jervises vor, der unterschwellig auf seine schlichte Art eine geradezu balladenhafte Intensität besitzt. Sie waren nur rund achtzehn Monate lang verheiratet, und die Umstände hatten verhindert, daß sie einander allzuoft sehen konnten. Er hatte andauernd in verschiedenen Landesteilen Viererpartien und dergleichen zu absolvieren und Revanche zu geben, und sie verlegte sich darauf, Slums zu besuchen, und zwar mit einem solchen Ernst, als handle es sich um sportliche Betätigung. Bei ihr war es das wohl auch. Sie gehörte der Zunft der Armen Guten Seelen an, von denen als einzigartige Leistung verbürgt ist, daß sie beinahe einmal eine Waschfrau reformiert hätten. Wirklich reformiert hat noch niemand je eine Waschfrau, weshalb der Wettbewerb auf diesem Gebiet so hart geführt wird. Putzfrauen lassen sich mit ein wenig Tee und persönlicher Anziehungskraft schockweise bekehren, aber bei Waschfrauen sieht das anders aus; die Löhne sind zu hoch. Diese spezielle Wäscherin, sie stammte aus Bermondsey oder so einem Ort, war in der Tat ein ziemlich verheißungsvolles Unterfangen, und am Ende glaubte man, sie ohne Gefahr als ein Exempel für erfolgreiches Wirken vorführen zu können. Also präsentierte man sie bei einem Salonempfang bei Agatha Camelford; es war schieres Pech, daß unter die Erfrischungen versehentlich ein paar Likörpralinen geraten waren – echte Likörpralinen mit sehr wenig Schokolade drum herum. Und selbstverständlich hat sie das alte Haus aufgespürt und sich den gesamten Vorrat gesichert. Es war, als habe sie mitten in der Wüste eine Muschelbude gefunden, wie sie hinterher bekannte. Als die Liköre zu wirken anfingen, begann sie Imitationen von bäuerlichen Nutztieren, wie sie in Bermondsey bekannt sind, anzustimmen. Den Anfang machte sie mit einem tanzenden Bären, und Sie wissen, Agatha hat etwas gegen das Tanzen, falls es nicht im Buckingham-Palast unter angemessener Aufsicht stattfindet. Und dann bestieg sie das Piano und gab ihnen einen Drehorgel-Affen; vermutlich war ihr aber an realistischer Darstellung

eher gelegen als an einer Maeterlinckschen Behandlung des Themas. Schließlich stürzte sie in den Flügel und gebärdete sich wie ein Papagei in einem Käfig, und für eine improvisierte Vorstellung fand ich das durchaus schlagfertig; so etwas hatte noch niemand je erlebt, abgesehen von der Baronin Boobelstein, die einmal einigen Sitzungen des Österreichischen Reichsrathes beigewohnt hatte. Agatha versucht's nun mit einer Ruhekur in Buxton.«

»Aber die Tragödie?«

»Achja, die Mudge-Jervises. Nun, die kamen recht glücklich miteinander aus, und ihr Eheleben bestand aus einem unablässigen Austausch von Bildpostkarten; und sie wurden eines Tages auf irgendeinem neutralen Boden zusammengebracht, auf dem sich Viererpartien und Waschfrauen überschnitten, und entdeckten, daß sie in der Fiskalfrage hoffnungslos uneins waren. Sie hielten es für das beste, sich zu trennen, und sie darf nun neun Monate im Jahr die Aufsicht über die Perserkatzen führen, die im Winter, wenn sie im Ausland ist, zu ihm zurückkehren. Da haben Sie den Stoff für die Tragödie, unmittelbar aus dem Leben gegriffen – und der Titel des Stücks könnte lauten: ›Das Weltreich hat seinen Preis‹. Natürlich wären noch Studien über den Kampf angeborener Anlagen gegen das Milieu und all dergleichen einzubauen. Der Vater der Frau könnte Gesandter an irgendeinem der kleineren deutschen Fürstenhöfe gewesen sein; von dort hätte sie ihre Leidenschaft für Armenbesuche her, trotz ihrer so sorgfältigen Erziehung. *C'est le premier pa qui compte*, wie der Kuckuck sagte, als er seinen Pflegevater verschlang. Ich halte dies für ausgesprochen klug.«

»Und die Wölfe?«

»Ah, die Wölfe wären eine Art schwer faßbarer Unterströmung im Hintergrund, die nie ganz hinreichend erklärt würde. Schließlich wimmelt das Leben von Dingen, die keinen begreiflichen Grund haben. Und wann immer den Protagonisten nichts Brillantes über die Ehe oder das Kriegs-Ministerium einfällt, könnten sie ein Fenster aufmachen und dem Heulen der Wölfe lauschen. Aber das käme nur ganz selten vor.«

Reginald über Zölle

ICH WERDE MICH NICHT ÜBER DIE FISKALfrage auslassen (sagte Reginald), ich will ja originell sein. Gleichwohl leidet man am System der freien Importe vermutlich mehr, als man meint. Mir wäre zum Beispiel ein wirksamer Schutzzoll gegen einen Partner lieb, der einen mattroten Anzug deklariert und auf das Beste hofft. Auch ein freier Markt für komprimierte Mitteilsamkeit gleicht nicht alles aus. Und ich finde, es sollte so etwas wie einen staatssubventionierten Export jener Typen geben, die einem einreden wollen, daß man das Leben ernst zu nehmen habe. Es gibt nur zwei Kontingente, die das Leben um jeden Preis ernst nehmen – dreizehnjährige Schulmädchen und Hohenzollern; für die könnten Sonderregelungen gelten. Albaner gehören in ein anderes Kapitel; die *nehmen* das Leben, wann immer sich eine

Gelegenheit bietet. Der einzige Albaner, mit dem mich je eine oberflächliche Bekanntschaft verband, war ein ziemlich dekadentes Exemplar. Er war ein Christ und ein Krämer, und ich glaube nicht, daß er je irgendwen umgebracht hat. Ich wollte ihn nicht über das Thema befragen – womit ich mein Zartgefühl bewies. Mrs. Nicorax spricht mir jedes Zartgefühl ab; sie hat mir die Sache mit den Mäusen nie verziehen. Wissen Sie, als ich da unten bei ihr zu Besuch war, tanzte in meinem Zimmer die halbe Nacht lang eine Maus herum, und keine dieser albernen Patentfallen schien sie als Luxusaufenthalt zu locken, weshalb ich mich entschloß, an ihre bessere Seite zu appellieren – was bei Mäusen die innere ist. Ich taufte sie also Percy und legte ihr jeden Abend kleine Delikatessen vor ihr Loch, und das ließ sie ruhig bleiben, während ich Max Nordaus *Entartung* und andere Verbannungsliteratur las und mich schlafen legte. Und jetzt beschwert sie sich, in diesem Zimmer wohne eine ganze Mäusekolonie.

Das mangelnde Zartgefühl rührt nicht von daher. Sie nahm mich einmal auf einen Ausritt mit, was vollkommen auf ihren eigenen Vorschlag zurückging, und auf dem Heimweg über ein paar Wiesen wollte sie durchaus unnötigerweise erproben, ob ihr Pony einen ziemlich schlampigen Bach, der gerade da war, überspringen würde. Das fiel ihm nicht ein. Es lief mit ihr bis an den Rand des Rinnsals, und von da an setzte Mrs. Nicorax die Bewegung allein fort. Natürlich mußte ich sie vom Ufer aus herausfischen, und meine Reithosen sind nicht für den Lachsfang zugeschnitten – schon das Reiten damit ist eine beträchtliche Kunst. Ihr Reitrock war eine jener offenen Fragen, an denen man in Notfällen nicht unbedingt festhalten muß, und bei diesem Vorfall blieb er in irgendwelchen Schilfpflanzen hängen. Sie mutete mir zu, auch noch danach zu fischen, aber ich glaubte für einen Oktobernachmittag genug Pharaos Tochter gespielt zu haben und sehnte mich allmählich nach meinem Tee. Also packte ich sie auf ihr Pony und führte sie so schnell es mir beliebte nach Hause. Infolge der Nässe und der ungewöhnlichen Verantwortung hielt ihr verkürztes Kostüm dem Tempo nicht sonderlich stand, und sie wurde richtig verdrießlich, als ich ihr zurückrief, ich hätte keine Nadeln bei mir – und auch keinen Bindfaden. Manche Frauen erwarten von einem Burschen doch etwas zu viel. Als wir zur Auffahrt kamen, wollte sie hinten herum zu den Ställen reiten, aber die Ponys wußten genau, daß sie am Vordereingang immer mit Zucker gefüttert werden; und ich würde nie im Leben ein ziehendes Pony zurückhalten; Mrs. Nicorax wiederum hatte alle Arme und Hände voll zu tun, um ihre abtrünnigen Gewänder im Griff zu haben, die, wie ihre Zofe hinterher bemerkte, mehr *tout* als *ensemble* gewesen waren. Natürlich war fast die ganze Hausgesellschaft draußen auf dem Rasen versammelt und bestaunte den Sonnenuntergang – das war der einzige Tag in diesem Monat, an dem die Sonne sich zu zeigen beliebte, wie Mrs. Nicorax boshaft zu Protokoll gab –, und die Miene ihres Gatten bei unserem Einlauf werde ich nie vergessen. »O mein Darling, das ist zuviel!« war sein erster hörbarer Kommentar; zieht man den Zustand ihrer Toilette in Betracht, so war dies das Brillanteste, was er je von sich gegeben hat, und ich verzog mich in die Bibliothek, um allein zu sein und laut zu schreien. Mrs. Nicorax sagt, ich besitze kein Zartgefühl.

Apropos Zölle: der Liftboy – er liest recht ausgiebig zwischen den Etagen – meint, die Besteuerung von Rohartikeln würde nichts einbringen. Was bitte ist ein Rohartikel? Mrs. Van

Challaby behauptet, Männer seien Rohartikel, bis man sie heirate; ich kann mir vorstellen, daß sie, wenn sie erst einmal auf Mrs. Van Challaby gestoßen sind, ziemlich schnell zu einem Fertigprodukt werden. Sicherlich hatte sie eine Menge einschlägige Erfahrungen gesammelt, die ihre Ansicht unterstützten. Einen Ehemann hat sie bei einem Zugunglück verloren, einen anderen beim Scheidungsgericht verlegt, und der gegenwärtige ist kürzlich erst in einem Rinder-Syndikat zu Schaden gekommen. »Was hatte er aber auch in einem Rinder-Syndikat zu suchen?« fragte sie tränenüberströmt, und ich gab der Vermutung Ausdruck, daß er vielleicht ein unglückliches Zuhause habe. Ich sagte das nur, um das Gespräch in Gang zu halten; es kam denn auch richtig in Fahrt. Mrs. Van Challaby schrieb mir Eigenschaften zu, die sie in besonneneren Augenblicken kaum buchstabiert haben würde. Es ist ein Jammer, daß die Leute nicht über fiskalische Angelegenheiten reden können, ohne gleich ausfällig zu werden. Tags darauf fragte sie freilich schriftlich bei mir an, ob ich ihr einen Yorkshire-Terrier von der Größe und Farbe, wie er jetzt getragen werde, besorgen könnte; und man kann von einer Frau wohl kaum ein größeres Eingeständnis ihrer

Schuld erwarten. Sie will ihm ein lachsrosa Halstuch umbinden und ihn »Reggie« nennen und überallhin mitnehmen – wie die arme Miriam Klopstock, die ihren Chow-Chow doch wahrhaftig mit ins Badezimmer nahm; und während sie badete, spielte er mit ihren Gewändern Frauchen. Miriam kommt immer zu spät zum Frühstück und wurde daher erst im Verlauf des Mittagessens wirklich vermißt.

Ich gedenke jedoch die Fiskalfrage nicht weiter zu erörtern. Nur vor dem Partner mit mattroten Tendenzen möchte ich gern geschützt sein.

Reginalds weihnachtliche Lustbarkeit

MAN SAGT (ERKLÄRTE REGINALD), ES gebe nichts Traurigeres als einen Sieg, ausgenommen eine Niederlage. Wenn Sie jemals die angeblich Festliche Zeit in Gesellschaft stumpfsinniger Leute zugebracht haben, werden Sie diese Redensart wohl revidieren können. Nie werde ich das Weihnachtsfest vergessen, auf das ich mich bei den Babwolds eingelassen habe. Mrs. Babwold ist eine Verwandte meines Vaters – eine Art Kusine auf Abruf –, und dies galt als zureichender Grund zur Annahme ihrer Einladung nach der etwa sechsten Wiederholung; warum allerdings die Kinder die Sünden ihres Vaters daheim besuchen sollen – nein, in dieser Schublade werden Sie kein Briefpapier finden; da bewahre ich nur alte Speisekarten und Premierenprogramme auf.

Mrs. Babwold trägt eine ziemlich feierliche Persönlichkeit und ist noch nie bei einem Lächeln ertappt worden, selbst wenn sie ihren Freundinnen unangenehme Einsichten eröffnet oder ihre Einkaufsliste aufstellt. Sie nimmt ihre Freuden mit Trübsal zu sich. Ein Staats-Elefant in Durbar hinterläßt einen ganz ähnlichen Eindruck. Ihr Mann arbeitet bei jedem Wetter draußen im Garten. Wenn ein Mann bei strömendem Regen hinausgeht, um Raupen von Rosensträuchern abzustreifen, bilde ich mir im allgemeinen ein, sein häusliches Leben lasse einiges zu wünschen übrig; bei den Raupen jedenfalls muß es für Unruhe sorgen.

Natürlich waren noch andere Leute da. Zum Beispiel ein Major Soundso, der hatte in Lappland oder sonstwo irgendwelche Dinger erlegt; ich weiß nicht mehr welcher Art, aber nicht weil er es an ausführlicher Schilderung hätte fehlen lassen. Sie wurden uns fast bei jeder Mahlzeit kalt aufgetragen, und er gab uns unablässig ihre Maße haarklein von einem Ende zum andern an, als ob wir ihnen warme Unterwäsche für den Winter zu stricken gedächten. Ich hörte ihm immer mit jener hingerissenen Aufmerksamkeit zu, die ich für schick erachtete, und dann gab ich eines Tages ganz bescheiden die

Ausmaße eines Okapi zum besten, das ich in den Mooren von Lincolnshire zur Strecke gebracht hatte. Der Major nahm ein herrliches Tyrisch Rot an (ich erinnere mich noch, wie ich dachte, daß ich mein Badezimmer gern in dieser Farbe tapeziert hätte), und ich vermute, in diesem Augenblick brachte er es fast über sich, mich zu verabscheuen. Mrs. Babwold setzte eine Erste-Hilfe-in-Notlagen-Miene auf und fragte ihn, ob er nicht ein Buch über seine Jagderinnerungen herausbringen möchte, das könne doch so interessant ausfallen. Erst später fiel ihr wieder ein, daß er ihr zwei umfängliche Bände darüber zum Geschenk gemacht hatte samt seinem Porträt und Autogramm auf dem Frontispiz und einem Anhang über die Lebensweise der arktischen Miesmuschel.

An den Abenden schoben wir die Sorgen und Ablenkungen des Tages beiseite und gaben uns dem wirklichen Leben hin. Karten wurden für eine zu leichtfertige und eitle Art des Zeitvertreibs abgetan, weshalb sich die meisten mit einem sogenannten Buchspiel unterhielten. Man begab sich auf den Flur hinaus – vermutlich auf die Suche nach einer Inspiration –, dann kam man wieder herein, mit einem Schal um den Hals und affigem Blick, und die anderen sollten erraten, daß man *Wee MacGreegor* vorstellte. Ich behauptete mich gegen diese Geistlosigkeit, so lange es der Anstand zuließ, schließlich aber willigte ich in einem Anfall von Gutmütigkeit ein, mich ebenfalls als ein Buch zu maskieren, nur wies ich gleich warnend auf erheblichen Zeitaufwand hin. Alle warteten nahezu vierzig Minuten, während ich mit dem Pagen in der Speisekammer mit Weingläsern Kegeln spielte; man verwendet dazu einen Sektkorken, wissen Sie, und Sieger ist, wer die meisten Gläser umwirft, ohne sie zu zerbrechen. Ich entschied mit vier unzerbrochenen von sieben die Partie für mich; William hat wohl an Über-Ängstlichkeit gelitten. Im Salon war man über mein Ausbleiben richtig ungehalten geworden, und man beruhigte sich nicht im geringsten, als ich hinterher verkündete, ich hätte *Am Ende der Passage* dargestellt.

»Kipling habe ich noch nie gemocht«, lautete Mrs. Babwolds Kommentar, als ihr die Sache aufging. »*Regenwürmer der Toscana* ist mir nie sehr geistreich vorgekommen – oder ist das von Darwin?«

Solche Spiele sind ja ungemein bildend, ich persönlich aber ziehe Bridge vor.

Heiligabend sollte nach alter englischer Sitte

besonders festlich begangen werden. Im Vestibül zog es zwar entsetzlich, doch schien es der angemessene Ort für ein Gelage zu sein und wurde mit japanischen Fächern und chinesischen Lampions dekoriert, was ihm eine überaus altenglische Atmosphäre verlieh. Eine junge Dame mit vertrauensvoller Stimme beehrte uns mit einem länglichen Rezitat über ein kleines Mädchen, das starb oder etwas ähnlich Abgedroschenes unternahm, und dann lieferte uns der Major einen anschaulichen Bericht von einem Kampf, den er mit einem verwundeten Bären ausgetragen hatte. Insgeheim wünschte ich mir, bei solchen Gelegenheiten möchten doch auch einmal die Bären obsiegen; zumindest würden sie hinterher nicht so viel Schaum schlagen. Ehe wir uns geistig erholen konnten, kamen wir in den Genuß von ein wenig Gedankenleserei, die uns von einem jungen Mann angetan wurde, dessen liebe Mutter und mittelmäßigen Schneider man instinktiv ahnte – der Typ von jungem Mann, der unbeirrt auch durch die dickste Suppe hindurch quasselt und sich so zaghaft über das Haar streicht, als befürchte er, es könnte jederzeit zurückschlagen. Der Gedankenleser war ein allgemeiner Erfolg; er enthüllte, daß die Gedanken der Gastgeberin gerade bei der Poesie verweilten, und sie gab zu, eben noch über eine Ode des Hofdichters nachgesonnen zu haben. Das konnte man durchgehen lassen. In Wirklichkeit wird sie sich wohl überlegt haben, ob ein Hammelhalsstück und etwas kalter Plumpudding für das morgige Küchendinner noch ausreichen würden. Als Höhepunkt der Ausgelassenheit wurde ein Halma-Turnier mit Milchschokolade als Siegerpreis anberaumt. Ich habe eine sorgfältige Erziehung genossen und verwahre mich vor Geschicklichkeitsspielen mit Aussicht auf Milchschokolade, und so schützte ich Kopfschmerzen vor und zog mich vom Schauplatz zurück. Einige Minuten zuvor war Miss Langshan-Smith vorausgegangen, eine formidable Person, die morgens immer zu unbehaglicher Stunde aufstand und den Eindruck verbreitete, sie hätte vor dem Frühstück bereits mit fast sämtlichen europäischen Regierungen verkehrt. An ihre Tür war ein Zettel geheftet mit der von ihr unterzeichneten Anweisung, man möchte sie am folgenden Morgen besonders früh wekken. Eine solche Gelegenheit bietet sich einem im Leben nicht zweimal. Ich übernahm lediglich die Unterschrift für eine andere Ankündigung, wonach sie, bevor noch jemand diese

Worte zu Gesicht bekomme, ihrem verfehlten Leben ein Ende bereitet hätte, die Unannehmlichkeiten bedaure, die sie verursachen könnte, und sich ein Begräbnis mit militärischen Ehren wünsche.

Nach einiger Zeit ließ ich auf dem Treppenabsatz mit lautem Knall eine aufgeblasene Papiertüte platzen und stieß ein theatralisches Stöhnen aus, das wohl noch im Keller zu vernehmen war. Dann gab ich meiner ursprünglichen Absicht nach und legte mich zu Bett. Der Lärm der Leute beim Aufbrechen der Tür jener guten Lady war ausgesprochen unschicklich; sie leistete hörbar tapferen Widerstand, und es schien, als hätte man sie nachher noch eine runde Viertelstunde lang nach Kugeln abgesucht – fast wie ein historisches Schlachtfeld.

Ich verabscheue es, an Weihnachtsfeiertagen auf Reisen zu gehen, aber hin und wieder muß man auch tun, was recht ungelegen kommt.

Reginalds Unschuld

REGINALD STECKTE SICH EINE NELKE DER neuesten Schattierung ins Knopfloch seines frischerworbenen Jacketts und musterte das Ergebnis mit Genugtuung. »Ich bin genau in der Stimmung«, bekannte er, »mich von jemandem mit unverkennbarer Zukunft porträtieren zu lassen. Es ist doch überaus erquickend, als ›Jüngling mit rosa Nelke‹ in katalogialer Gemeinschaft mit einem ›Kind mit Primelstrauß‹ und dergleichen Volk auf die Nachwelt zu kommen.«

»Jüngling«, sagte der Andere, »sollte an Unschuld gemahnen.«

»Sich aber nie danach richten. Ich glaube nicht, daß die beiden je wirklich zusammen auftreten. Die Leute reden vage von der Unschuld eines kleinen Kindes, aber sie geben sich alle Mühe, es keine zwanzig Minuten aus den Augen zu lassen. Ein Kessel kocht nie über, solange man ihn beobachtet. Ich kannte einmal einen Knaben, der wirklich unschuldig war; seine Eltern gehörten der Feinen Gesellschaft an, beunruhigten sich aber seinetwegen von Kindesbeinen an keine Minute lang. Er glaubte an die Wahrheit von Firmenanzeigen, an die Lauterkeit von Parlamentswahlen, an Frauen, die aus Liebe heiraten, und sogar an ein Gewinnsystem beim Roulette. Sein Vertrauen darauf hat er nie ganz verloren, ließ aber mehr Geld dort zurück, als seine Arbeitgeber zu verlieren sich leisten konnten. Als ich das letztemal von ihm hörte, glaubte er gerade an seine Unschuld; die Geschworenen nicht. Gleichwohl bin ich zur Zeit tatsächlich unschuldig an einer Sache, die mir von jedermann zur Last gelegt wird, und die Anschuldigungen werden auch, soweit ich sehe, grundlos bleiben.«

»Eine solche Einstellung sollte man bei Ihnen kaum vermuten.«

»Ich liebe Leute, die Unvermutetes tun. Haben Sie nie jenen Mann bewundert, der eines verschneiten Tages einen Löwen in einer Grube getötet hat? Aber zurück zu dieser verhängnisvollen Unschuld. Also, vor einiger Zeit – ich hatte mich mit mehr Leuten als gewöhnlich zerstritten, Sie gehörten auch dazu – es muß im November gewesen sein, allzu dicht an Weihnachten zerstreite ich mich nämlich nie mit Ihnen –, also da kam mir die Idee, ein Buch zu schreiben. Und zwar ein Buch mit persönlichen Erinnerungen, und nichts sollte darin ausgelassen werden.«

»Reginald!«

»Genau das hat die Herzogin auch gesagt, als ich ihr davon erzählte. Ich wollte ein wenig anstacheln und schwieg, und als nächstes bekam natürlich jedermann zu hören, das Buch sei geschrieben und im Druck. Danach hatte ich ein so zurückgezogenes Privatleben wie ein Goldfisch in einer Glaskugel. Die Leute lauerten mir deswegen an den unerwartetsten Orten auf, flehten oder herrschten mich an, Begebenheiten zu streichen, die ich schon längst vergessen hatte. Eines Abends saß ich im ersten Rang in His Majesty's hinter Miriam Klopstock, und auf der Stelle fing sie von der Sache mit dem Chow-Chow im Badezimmer an, die sie unbedingt gestrichen wissen wollte. Wir konnten nur bruchstückhaft darüber diskutieren, da einige der Leute unbedingt dem Stück zuhören wollten, und Miriams Stimme trägt Nummer 41. Man hat sie aus ihrem Hockey Club ausgeschlossen, weil man an windstillen Tagen im Umkreis einer halben Meile deutlich vernehmen konnte, was sie von Mitspielerinnen hielt, die ihren Schienbeinen zu nahe getreten waren. Ich erklärte mich zu einer einzigen Änderung bereit, indem ich vorgab, aus dem Chow-Chow versehentlich einen Spitz gemacht zu haben; aber darüberhinaus blieb ich standhaft. Zwei Minuten später megaphonte sie zurück: ›Sie haben mir versprochen, nie davon zu reden; halten Sie denn nie eins Ihrer Versprechen?‹ Als die Leute nicht mehr in unsere Richtung glotzten, erwiderte ich, da würde ich noch eher weiße Mäuse züchten. Ich sah sie ein paar Minuten lang kleine Fetzen aus ihrem Programmheft reißen, dann lehnte sie sich zurück und schnaubte: ›Sie sind nicht der Jüngling, für den ich Sie gehalten habe‹, als wäre sie ein Adler, der auf dem Olymp mit dem falschen Ganymed eintrifft. Das war ihre letzte hörbare Äußerung, doch fuhr sie fort, ihr Programmheft zu zerrupfen und die Fetzen um sich her zu streuen, bis eine ihrer Nachbarinnen sie mit pointierter Würde fragte, ob man einen Papierkorb kommen lassen solle. Zum letzten Akt bin ich nicht mehr geblieben.

Oder Mrs. – ach, ich kann ihren Namen einfach nicht behalten; sie wohnt in einer Straße, die nicht einmal die Droschkenkutscher kennen, und ist mittwochs zu Hause. Während einer Privatvorstellung hat sie mich einmal furchtbar erschreckt, als sie geheimnisvoll sagte: ›Eigentlich dürfte ich gar nicht hier sein; das ist einer meiner Tage.‹ Das hörte sich an, als ob sie an periodisch auftretenden Anfällen leide und jeden Moment mit einem Ausbruch rechne. Wie peinlich, wenn sie sich plötzlich als Cesare Borgia oder die Hl. Elisabeth von Ungarn gefühlt hätte. Mit dergleichen würde man sogar bei einer Privatvorstellung unangenehm auffallen. Sie wollte jedoch lediglich den Wochentag als Mittwoch angeben, was im Augenblick tatsächlich nicht von der Hand zu weisen war. Nun, ihre Anliegen sind ganz anders als die von Miriam Klopstock. Sie macht keine ausgedehnten Besuche und ist natürlich ganz versessen darauf, daß ich einen Vorfall bei einer der Gartenpartys der Beauwhistles einbeziehe, als sie angeblich mit einem Krocketschläger ganz unabsichtlich gegen das Schienbein einer Durchlaucht Soundso gestoßen sei, worauf er sie auf deutsch beschimpfte. In Wirklichkeit hat er bloß auf französisch eine Diskussion über die Gordon-Bennett-Affäre fortgesetzt. (Ich kann mich nie darauf besinnen, ob das nun ein neues Unterseeboot ist oder eine Scheidungsgeschichte. Natürlich, wie dumm von mir!) Um ganz unverschämt genau zu sein: ich glaube, sie hat ihn um etwa zwei Zoll verfehlt – Über-Ängstlichkeit, vermutlich –, aber der Gedanke, daß sie ihn getroffen hätte, gefällt ihr. Ähnliche Empfindungen habe ich bei einem Rebhuhn, von dem ich mir stets einbilde, es fliege aus falschem Stolz immer kräftig weiter, bis es hinterm Zaun gelandet ist. Sie sagte, sie könnte mir noch alles aufzählen, was sie bei dem Anlaß getragen habe. Ich gab zurück, mein Buch solle sich nicht lesen wie ein Wäschekatalog, aber sie erklärte, sie habe nicht solche Sachen gemeint.

Oder Chilworth, der ganz reizend sein kann, solange er sich darein fügt, töricht zu sein und zu tragen, was man ihm sagt; aber hin und wieder fällt es ihm ein, den Epigrammatiker zu spielen, und was dabei herauskommt, gleicht dem Versuch einer Krähe, im Sturm ein Nest zu bauen. Seitdem er von dem Buch Wind bekommen hat, dringt er ständig in mich, ich solle irgend etwas von ihm über die Russen und die vergilbte Gefahr einarbeiten, und er schmollt beträchtlich, weil ich das ablehne.

Alles in allem hielte ich es für einen glänzenden Einfall, wenn Sie mir zwei Wochen Paris vorschlagen würden.«

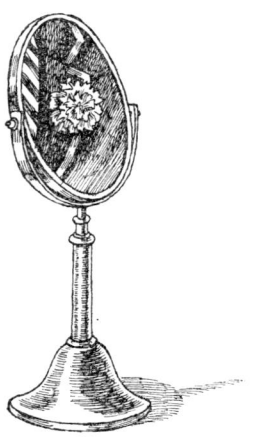

Reginald in Rußland

REGINALD SASS IM SALON DER PRINZESsin in einer Ecke und versuchte dem Mobiliar zu vergeben, das sich augenscheinlich den Louis-XV-Stil vorgenommen hatte, aber in regelmäßigen Abständen zu Wilhelm II. abrutschte.

Er rechnete die Prinzessin zu jenem charakteristischen Typ von Frauen, die aussehen, als ob sie regelmäßig im Regen ihre Hühner füttern gingen.

Ihr Name war Olga; sie hielt sich etwas, das, wie sie hoffte und glaubte, ein Foxterrier war, und vertrat etwas, das sie für sozialistische Ansichten hielt. Als russische Prinzessin muß man nicht unbedingt Olga heißen; in der Tat kannte Reginald eine ganze Menge namens Vera; Foxterrier und Sozialismus hingegen sind unabdingbar.

»Die Gräfin Lomshen hält sich eine Bulldogge«, sagte die Prinzessin plötzlich. »Bulldoggen sind in England wohl schicker als Foxterrier?«

Reginald durchlief im Geiste die Hundemoden der letzten zehn Jahre und gab eine ausweichende Antwort.

»Finden Sie die hübsch, die Gräfin Lomshen?« fragte die Prinzessin.

Reginald fand, der Teint der Gräfin ließe auf eine auf Makronen und hellen Sherry beschränkte Diät schließen, und sagte es auch.

»Aber das kann nicht sein«, sagte die Prinzessin auftrumpfend. »Ich habe sie bei Donon's Fischsuppe essen gesehen.«

Die Prinzessin nahm den Teint einer Freundin immer in Schutz, wenn er wirklich miserabel war. Wie bei vielen ihres Geschlechts begann ihre Nächstenliebe bei den Mauerblümchen und erstreckte sich selten weiter.

Reginald nahm seine Makronen-und-Sherry-These zurück und tat sein Interesse an einem Satz Miniaturen kund.

»Das?« sagte die Prinzessin; »das ist die alte Prinzessin Lorikoff. Die hat in der Millionaya-Straße gewohnt, am Winterpalast, und war noch eine Hofdame der alten russischen Schule.

Ihre Kenntnis von Leuten und Ereignissen war äußerst beschränkt; dabei pflegte sie mit allen, die mit ihr in Berührung kamen, gönnerhaften Umgang. Man sagte ihr nach, als sie starb und von der Millionaya in den Himmel umzog, habe sie den Hl. Petrus in ihrem zeremoniellen Staccato-Französisch so angeredet: ›Je suis la Princesse Lor-i-koff. Il me donne grand plaisir à faire votre connaissance. Je vous en prie me présenter au Bon Dieu.‹ Wie verlangt habe sie der Hl. Petrus eingeführt, und die Prinzessin sagte zu le Bon Dieu: ›Je suis la Princesse Lor-i-koff. Il me donne grand plaisir à faire votre connaissance. On a souvent parlé de vous à l'église de la rue Million.‹«

»Nur die Alten und die Gottesmänner der etablierten Kirchen wissen mit Anmut frivol zu plaudern«, bemerkte Reginald; »was mich daran erinnert, wie ich neulich in der Anglikanischen Kirche einer gewissen ausländischen Hauptstadt, deren Name unerwähnt bleiben soll, mit eigenen Ohren hörte, wie einer der Junior-Kaplane zugunsten notleidender – ach was weiß ich – predigte, und hierbei eine ungemein beredte Passage mit der Bemerkung schloß: ›Die Tränen der Bedrückten: womit soll ich sie vergleichen? Ach, es zerreißt mir das Herz!‹ Der zweite Junior-Kaplan, der bis dahin in professioneller Eifersucht vor sich hingedöst hatte, erwachte mit einem Ruck und fragte hastig: ›Soll ich Herz aufspielen, Partner?‹ Es wurde auch nicht besser, als der Senior-Kaplan verträumt, aber mit schneidender Deutlichkeit bat: ›Herz doppeln!‹ Alles sah den Prediger an, fast als erwarte man, er werde nochmals erhöhen; er gab sich jedoch damit zufrieden, so viele Punkte zu machen wie unter den gegebenen Umständen möglich.«

»Ihr Engländer seid immer so leichtfertig«, sagte die Prinzessin. »Wir Russen haben viel zu viele Sorgen, als daß wir uns eine solche Leichtfertigkeit gestatten könnten.«

Reginald erschauderte leicht, wie es ein italienischer Windhund tun mag, der über das Herannahen einer Eiszeit sinnt, die er persönlich mißbilligt, und ergab sich in die unausweichliche politische Diskussion.

»Nichts von dem, was Sie in England über uns hören, ist wahr«, begann die Prinzessin hoffnungsvoll.

»Ich habe mich immer dagegen gesperrt, in der Schule russische Geographie zu lernen«, gab Reginald bekannt; »ich war nämlich sicher, daß manche der Namen nicht stimmen konnten.«

»Nichts stimmt an unserem Regierungssystem«, fuhr die Prinzessin gelassen fort. »Die Bürokraten arbeiten nur in die eigene Tasche, die Menschen werden nach Strich und Faden ausgeplündert und ausgebeutet, und die ganze Verwaltung ist miserabel.«

»Bei uns«, sagte Reginald, »gilt ein Kabinett gewöhnlich dann als über alle menschliche Fassungskraft verderbt und nichtswürdig, wenn es etwa vier Jahre im Amt gewesen ist.«

»Aber Sie können die Regierung bei der Wahl entlassen, wenn sie schlecht ist«, wandte die Prinzessin ein.

»Soweit ich mich erinnere, tun wir das gewöhnlich auch«, sagte Reginald.

»Aber hier ist es furchtbar; hier geht jeder bis zum Äußersten. Ihr Engländer geht nie bis zum Äußersten.«

»Wir gehen in die Albert Hall«, erklärte Reginald.

»Bei uns ist es ein ewiges Schwanken zwischen Gewalt und Unterdrückung«, fuhr die Prinzessin fort; »und der Jammer daran ist, daß die Leute nicht die geringsten Ansätze zeigen, einmal anders als stets nur friedfertig zu sein. Nirgends werden Sie gutmütigere Leute antreffen oder Familien, die sich herzlicher zugetan sind.«

»Da stimme ich Ihnen zu«, sagte Reginald. »Ich kenne da einen Knaben – wohnt irgendwo am Franzosen-Kai –, der paßt hierhin. Er trägt Naturlocken, besonders sonntags, und spielt gut Bridge, selbst für einen Russen, und das will was heißen. Andere Talente hat er wohl nicht, aber seine Liebe zur Familie ist in der Tat außergewöhnlich stark. Als seine Großmutter mütterlicherseits starb, ging er zwar nicht so weit, sich des Bridgespielens vollständig zu enthalten, doch gab er in den folgenden drei Monaten ausschließlich schwarze Farben an. Und das habe ich doch für sehr schön gehalten.«

Die Prinzessin blieb unbeeindruckt.

»Ich glaube, Sie lassen sich doch sehr gehen und leben nur fürs Amüsement«, sagte sie. »Ein vergnügungssüchtiges Leben, das nur aus Kartenspielen und Zerstreuungen besteht, bringt nichts als Unzufriedenheit. Sie werden das noch eines Tages feststellen.«

»O ich weiß, daß es bisweilen dahin kommt«, pflichtete Reginald bei. »Verbotener Schampus ist oft der süßeste.«

Aber diese Bemerkung war an der Prinzessin vergeudet; sie zog Champagner vor, in dem wenigstens eine Spur Gerstenzucker aufgelöst war.

»Ich hoffe, Sie beehren mich noch einmal mit Ihrem Besuch«, sagte sie mit einer Stimme, die diese Hoffnung nicht allzu ansteckend werden ließ; dann kam ihr noch der treffliche Einfall: »Sie müssen uns mal auf dem Lande besuchen.«

Ihr zugehöriger Teil des Landes lag einige hundert Werst jenseits von Tamboff, und zwischen ihr und den nächsten Nachbarn lagen gute fünfzehn Meilen bäuerlichen Aufruhrs. Reginald spürte, daß es eine gewisse Zurückgezogenheit gebe, in deren Heiligkeit man nicht eindringen dürfe.

Die Wortkargheit der Lady Anne

EGBERT TRAT IN DEN GERÄUMIGEN, TRÜB beleuchteten Salon mit dem Gebaren eines Mannes, der nicht weiß, ob er in einen Taubenschlag geraten ist oder eine Bombenfabrik, und sich auf beide Möglichkeiten vorbereitet hat. Der kleine häusliche Zank war noch zu keinem bestimmten Ausgang durchgefochten, und die Frage war, wie weit Lady Anne in Laune sein mochte, die Feindseligkeiten wiederaufzunehmen oder beizulegen. Ihre Pose im Lehnsessel am Teetisch war etwas aufwendig starr; im Dämmer des Dezembernachmittags ließ Egberts Kneifer ihren Gesichtsausdruck auch nicht deutlicher erkennen.

Zwecks Brechung des allenfalls auf der Oberfläche treibenden Eises machte er eine Bemerkung über das trübe, gewissermaßen fromme Licht. Er oder auch Lady Anne pflegte diese

Bemerkung an Winter- und Spätherbstabenden zwischen 4.30 und 6 Uhr anzubringen; sie war Bestandteil ihres Ehelebens; eine gängige Erwiderung darauf gab es nicht, und Lady Anne machte keine.

Don Tarquinio räkelte sich in der Wärme des Kaminfeuers wohlig auf dem Perserläufer, mit souveräner Gleichgültigkeit gegenüber einer möglichen Mißlaunigkeit der Lady Anne. Sein Stammbaum war so lupenrein persisch wie der des Läufers, und seine Halskrause kam in den Glanz eines zweiten Winters. Der Page, der ein Faible für die Renaissance verspürte, hatte ihn Don Tarquinio getauft. Auf eigenen Antrieb hätten Egbert und Lady Anne ihn unfehlbar Wuschel genannt, aber starrköpfig waren sie nicht.

Egbert schenkte sich Tee ein. Da das Schweigen auf Lady Annes Veranlassung offenbar nicht gebrochen würde, stärkte er sich für eine weitere Kosakenattacke.

»Meine Bemerkung beim Essen war rein akademisch gemeint«, verkündete er; »du scheinst ihr eine unnötig persönliche Bedeutung beizumessen.«

Lady Anne hielt ihren Schutzwall des Schweigens aufrecht. Der Dompfaff füllte die Pause indolent mit einer Melodie aus *Iphigénie en Tauride*. Edgar erkannte sie auf der Stelle, da sie die einzige im Repertoire des Dompfaffen bildete und dieser auch mit eben diesem Ruf zu ihnen gekommen war. Sowohl Egbert wie auch Lady Anne hätten etwas aus *The Yeoman of the Guard*, ihrer beider Lieblingsoper, vorgezogen. In Kunstsachen verband sie ein ähnlicher Geschmack. Sie waren dem Aufrichtigen in der Kunst zugetan wie auch dem Eindeutigen, einem Gemälde zum Beispiel, das seine Geschichte darstellte und vom Titel darin entgegenkommend unterstützt wurde. Ein reiterloses Schlachtroß etwa, sein Geschirr in offensichtlichem Durcheinander, das in einen Burghof voller bleicher, in Ohnmacht sinkender Frauen taumelt, versehen mit einem Schild »Üble Nachricht«, so etwas legte ihnen gleich die Deutung eines militärischen Desasters nahe. Beide erkannten die Botschaft, die es vermitteln wollte, und vermochten sie ihren weniger scharfsichtigen Freunden weiterzureichen.

Das Schweigen dauerte an. In der Regel fand Lady Annes stiller Unmut nach vierminütiger vorbereitender Zugeknöpftheit allmählich Worte und gesteigerte Ausdruckskraft. Egbert ergriff den Milchkrug und goß von seinem Inhalt etwas in Don Tarquinios Untertasse; da die Untertasse bereits bis zum Rand gefüllt war, kam nur eine unappetitliche Überschwemmung heraus. Don Tarquinio sah zu mit befremdetem Interesse, das sich zu hochnäsiger Unbekümmertheit verflüchtigte bei Egberts Ansinnen, er möchte sich der Bescherung zuwenden und davon etwas auflecken. Don Tarquinio hatte sich im Leben schon zu allerlei Rollen herabgelassen, doch die eines Staubsaugers zählte er nicht dazu.

»Findest du nicht, daß wir uns reichlich albern aufführen?« sagte Egbert heiter.

Falls Lady Anne dies fand, faßte sie es nicht in Worte.

»Die Schuld lag ja wohl zum Teil auch bei mir«, fuhr Egbert mit schwindender Heiterkeit fort. »Schließlich bin ich ja auch nur ein Mensch. Du scheinst zu vergessen, daß ich ja auch nur ein Mensch bin.«

Er beharrte auf diesem Gesichtspunkt, als hätte ihm jemand grundlos die Eigenschaften eines Satyrs mit mehr bockartigen als menschlichen Auswüchsen unterstellt.

Der Dompfaff stimmte erneut seine Arie aus *Iphigénie en Tauride* an. Egbert fühlte sich allmählich niedergeschlagen. Lady Anne rührte ihren Tee nicht an. Womöglich fühlte sie sich unwohl. Aber wenn Lady Anne sich unwohl fühlte, pflegte sie das nicht für sich zu behalten. »Kein Mensch ahnt, wie ich unter Verdauungsstörungen leide«, war eine ihrer Lieblingsbemerkungen; solcherlei Ahnungslosigkeit hätte jedoch nur auf unzulängliche Aufmerksamkeit zurückgehen können, da die reichliche einschlägige Information ohne weiteres für eine Monographie ausgereicht hätte.

Unwohl fühlte sich Lady Anne offenbar nicht.

Egbert empfand seine Behandlung zusehends als unbillig; so ließ er sich natürlicherweise auf Zugeständnisse ein.

»Ich möchte meinen«, bekannte er, indem er auf dem Kaminvorleger eine so zentrale Position einnahm, wie sie ihm Don Tarquinio gerade noch zugestand, »es war ganz meine Schuld. Ich gelobe von mir aus gerne, falls ich damit die Dinge wieder auf einen erfreulicheren Stand bringen kann, von nun an ein besseres Leben zu führen.«

Er wunderte sich vage, wie dies wohl zu bewerkstelligen wäre. Versuchungen befielen ihn, in mittlerem Alter, nur zaghaft und ohne Eindringlichkeit; er glich darin einem übergan-

genen Metzgersjungen, der im Februar um ein Weihnachtsgeschenk bittet mit keiner besseren Zuversicht, als daß er im Dezember leer ausgegangen war. Es lag ihm so fern, solchen Versuchungen zu erliegen, wie etwa der Erwerb der Fischmesser und Federboas, die manche Ladies zwölf Monate im Jahr als notgedrungene Opfer in den Anzeigenspalten anboten. Gleichwohl lag etwas Ergreifendes in diesem unverlangten Verzicht auf potentielle Freveltaten.

Lady Anne zeigte keinerlei Anzeichen von Ergriffenheit.

Egbert betrachtete sie nervös durch seine Augengläser. Bei einer Auseinandersetzung mit ihr war eine Schlappe keine ungewohnte Erfahrung. Doch bei einem Monolog war sie eine demütigend neue Erfahrung.

»Ich gehe mich umkleiden zum Dinner«, verkündete er mit einer Stimme, in die er einen Hauch von Strenge zu legen versuchte.

An der Tür drängte ihn eine letzte Anwandlung von Schwäche zu einem weiteren Appell.

»Sind wir nicht vielleicht ziemlich albern?«

»Idiot!« war Don Tarquinios innere Feststellung, als sich die Tür hinter Egberts Rückzug schloß. Dann reckte er seine samtenen

Vorderpfoten in die Luft und schwang sich behende auf das Bücherregal unmittelbar unter dem Käfig des Dompfaffs. Erst jetzt schien er die Existenz des Vogels überhaupt wahrgenommen zu haben; in Wirklichkeit aber setzte er einen lange gehegten Plan mit der Präzision gereifter Überlegung in die Tat um. Der Dompfaff, der sich bisher in der Pose eines Despoten gesehen hatte, drückte sich plötzlich auf ein Drittel seines üblichen Körpervolumens zusammen; dann verfiel er auf hilfloses Flügelschlagen und schrilles Zirpen. Er hatte siebenundzwanzig Shilling gekostet, ohne den Käfig, aber Lady Anne machte keine Anstalten um einzugreifen. Sie war schon seit zwei Stunden tot.

Der verlorene Sandschak

ZUM LETZTEN MAL TRAT DER GEFÄNGnisgeistliche in die Zelle des Verurteilten, um allen noch erdenklichen Trost zu spenden.

»Ich erflehe nur einen Trost«, sagte der Verurteilte: »meine ganze Geschichte jemandem erzählen zu können, der mir wenigstens ein höfliches Ohr leiht.«

»Allzu lange dürfen wir uns darüber nicht aufhalten«, sagte der Geistliche und sah auf seine Uhr.

Der Verurteilte bezwang ein Zittern und hob an.

»Die meisten Leute werden der Ansicht sein, ich büße lediglich die Strafe für meine eigenen Gewalttaten. In Wirklichkeit bin ich das Opfer einer mangelnden Spezialisierung meiner Ausbildung und meines Charakters.«

»Mangelnde Spezialisierung!« sagte der Geistliche.

»Allerdings. Wäre ich als einer der wenigen Männer in England berühmt geworden, die sich in der Fauna der Äußeren Hebriden auskennen oder die Stanzen Camões' im Original aufsagen können, hätte ich keine Schwierigkeiten gehabt, meine Identität in dem entscheidenden Augenblick, da sie für mich zu einer Angelegenheit von Leben und Tod wurde, nachzuweisen. Doch war meine Ausbildung nur eine recht bescheidene, und mein universal gestimmtes Naturell ließ eine Spezialisierung nicht zu. In der Gartenkunst, in Geschichte und Alten Meistern verfüge ich zwar über ein weniges an Allgemeinbildung, aber niemals könnte ich Ihnen aus dem Stegreif sagen, ob ›Stella van der Loopen‹ nun eine Chrysantheme oder eine Heldin des amerikanischen Unabhängigkeits-Krieges sei, oder ein Bild von Romney im Louvre.«

Der Geistliche rutschte unruhig auf seinem Stuhl. Nun, da die Alternativen einmal angedeutet waren, schienen sie alle gleichermaßen und entsetzlich möglich.

»Ich verliebte mich, oder glaubte das jedenfalls, in die Frau des hiesigen Arztes«, fuhr der

Verurteilte fort. »Aus welchem Grund mir dies geschah, weiß ich nicht zu sagen, denn ich erinnere mich nicht an irgendwelche besonderen körperlichen oder seelischen Reize. Wenn ich auf die vergangenen Ereignisse zurückblicke, scheint mir, daß sie ausgesprochen gewöhnlich gewesen sein muß, doch wird sich der Arzt ja wohl einstmals in sie verliebt haben, und was *ein* Mensch zustande gebracht hat, kann auch ein anderer. Meine Aufmerksamkeit schien ihr zu gefallen, und insoweit, darf ich wohl sagen, ermutigte sie mich auch; doch denke ich, war ihr wirklich nicht bewußt, daß ich mehr als eine belanglose nachbarschaftliche Annäherung im Sinne hatte. Man möchte ja gerecht sein, wenn man dem Tode ins Auge blickt.«

Der Geistliche murmelte Zustimmung. »Auf jeden Fall war sie aufrichtig entsetzt, als ich mir eines Abends die Abwesenheit des Arztes zunutze machte und ihr offenbarte, was ich für meine Leidenschaft hielt. Sie bat mich, aus ihrem Leben zu verschwinden, und ich konnte kaum etwas anderes tun als einwilligen, obgleich ich nicht die geringste Vorstellung hatte, wie ich das bewerkstelligen sollte. Aus Romanen und Schauspielen war mir dies als üblicher Vorgang vertraut, wenn man da die Empfindungen oder Absichten einer Lady verkannt hatte, wanderte man nach Indien aus, verrichtete Taten an der Front mit ruhiger Selbstverständlichkeit. Als ich über die Auffahrt des Arzthauses davontaumelte, hatte ich keine sehr klare Vorstellung davon, wie meine nächsten Schritte nun auszusehen hätten, doch hatte ich das vage Gefühl, daß ich vor dem Zubettgehen den *Times*-Atlas konsultieren müßte. Und dann stieß ich auf der dunklen und einsamen Landstraße plötzlich auf eine Leiche.«

Das Interesse des Geistlichen belebte sich merklich.

»Der Kleidung nach zu urteilen, gehörte die Leiche einem Hauptmann der Heilsarmee. Ein schrecklicher Unfall schien ihn niedergeworfen zu haben, und sein Kopf war so zertrümmert und zerschmettert, daß er jederlei Menschenähnlichkeit verloren hatte. Vermutlich, dachte ich, ein Automobilunfall; und dann kam mir, jäh und überwältigend, ein anderer Gedanke: hier bot sich mir eine bemerkenswerte Gelegenheit, meine Identität aufzugeben und für immer aus dem Leben der Frau des Arztes zu entschwinden. Keine langwierige und gefahrvolle Reise in ferne Länder, sondern ein bloßes Vertauschen der Kleider und der Identität mit dem unbekannten Opfer eines Unfalls ohne Zeugen. Unter beträchtlichen Schwierigkeiten zog ich die Leiche aus und steckte sie in meine Kleider. Wer schon einmal bei unzulänglichem Licht einem toten Hauptmann der Heilsarmee aufgewartet hat, wird diese Schwierigkeiten zu würdigen wissen. In der Voraussicht, die Arztfrau vom häuslichen Herd weg in eine Behausung zu locken, deren Unterhalt von meinem Geld bestritten würde, hatte ich mir die Taschen mit einem Vorrat an Banknoten vollgestopft, die einen beträchtlichen Teil meiner damaligen Habseligkeiten ausmachten. Als ich mich demnach in der Verkleidung eines namenlosen Heilsarmisten in die Welt hinausstahl, war ich mit genügend Mitteln versehen, um über geraume Zeit eine so bescheidene Rolle zu spielen. Ich schlug mich in einen benachbarten Marktflecken, und selbst zu vorgerückter Stunde verschafften mir einige vorgezeigte Shillinge Nachtmahl und Lager in einem billigen Kaffeehaus. Am folgenden Tag machte ich mich wieder auf meinen ziellosen Weg, von einer Kleinstadt in die nächste. Bereits war ich von den Folgen meiner voreiligen Tat etwas angewidert; und schon nach wenigen Stunden erst recht, als ich auf dem Aushang einer Lokalzeitung die Schlagzeile von meiner Ermordung durch einen Unbekannten las. Ich kaufte mir die Zeitung, um Genaueres über den Hergang der Tragödie zu erfahren, und wurde anfangs von einer gewissen grimmigen Belustigung erfaßt; vernahm dann aber, daß die Tat einem vagabundierenden Heilsarmisten dubioser Provenienz angelastet wurde; man hatte ihn beobachtet, wie er sich auf der Straße in der Nähe des Tatorts herumgetrieben hatte. Das belustigte mich gar nicht mehr. Die Angelegenheit verhieß Unannehmlichkeiten. Was ich fälschlich für einen Automobilunfall gehalten hatte, erwies sich offenbar als Raubüberfall und Mord, und bis zur Entdeckung des wirklich Schuldigen würde mir die Erklärung meiner Einmischung in die Sache recht beschwerlich werden. Selbstverständlich konnte ich meine wahre Identität nachweisen; aber wie konnte ich, ohne die Frau des Arztes auf peinliche Weise einzubeziehen, meinen Kleidertausch mit dem Ermordeten glaubhaft rechtfertigen? Während meine Gedanken fieberhaft beschäftigt waren, folgte ich unbewußt einem untergeordneten Instinkt, mich so weit wie möglich vom Schauplatz des Verbrechens zu entfernen und die verfängliche Uniform um jeden Preis loszuwerden. Ich stieß auf eine unerwartete Schwierigkeit. Ich versuchte es in zwei oder drei abgelegenen Kleidergeschäften, doch jedesmal erregte mein Eintritt ein feindseliges, argwöhnisches Gebaren, und unter allerlei Ausflüchten wurde der jetzt dringlichst ersehnte Kleidertausch verhindert. Die Uniform, die ich so gedankenlos angezogen hatte, war offenbar ebenso schwer wieder abzulegen wie das fatale Hemd dieses – Sie wissen schon, der Name dieses Menschen ist mir entfallen.«

»Ja ja«, sagte der Geistliche hastig. »Fahren Sie fort mit Ihrem Bericht.«

»Irgendwie hatte ich das Gefühl, es wäre riskant, mich der Polizei zu stellen, bevor ich mich dieser belastenden Kleider entledigt hatte. Es verwirrte mich allerdings, warum keinerlei Anstalten zu meiner Verhaftung unternommen wurden, da an dem Mißtrauen, das mich wie ein unzertrennlicher Schatten auf Schritt und Tritt verfolgte, nichts zu deuten war. Man starrte mich an, stieß sich mit den Ellenbogen, flüsterte und gab sogar lautstarke Ausrufe von sich: ›Das isser!‹, wo immer ich auftauchte, und noch die schäbigste und entlegenste Absteige füllte sich bei meinem Besuch rasch mit einer Menge mich verstohlen musternder Kunden. Allmählich konnte ich die Empfindungen königlicher Herrschaften nachvollziehen, die unter den schonungslos prüfenden Blicken einer unbezähmbaren Öffentlichkeit versuchen, einmal ein paar Einkäufe privat zu erledigen. Und doch wurde bei dieser ganzen ausdruckslosen Beschattung, die an meinen Nerven fast schlimmer zerrte, als offene Feindseligkeit es getan haben würde, kein Versuch unternommen, meine Bewegungsfreiheit einzuschränken. Erst später erfuhr ich den Grund. Zur Zeit des Mordes auf der einsamen Landstraße hatte ganz in der Nähe eine Reihe von wichtigen Bluthund-Wettkämpfen stattgefunden, und anderthalb Dutzend Koppeln erprobter Hunde waren auf die Spur des mutmaßlichen Mörders gesetzt worden – auf meine Spur. Eine besonders aufs Gemeinwohl bedachte Londoner Gazette hatte dem Besitzer der Koppel, die mich als erste aufspüren würde, einen fürstlichen Preis ausgesetzt, und im ganzen Land wurden Wetten auf die rivalisierenden Verfolger zur Leidenschaft. Die Hunde streiften weit und breit durch über dreizehn Grafschaften, und obwohl inzwischen meine Ortswechsel der Polizei und der Öffentlichkeit gleichermaßen bestens bekannt waren, stellte sich ein sportlicher Gerechtigkeitssinn der Nation meiner vorzeitigen

Verhaftung in den Weg. ›Gebt den Hunden eine Chance‹, war die vorherrschende Gesinnung, wann immer irgendein ehrgeiziger Landgendarm meiner langwierigen Flucht vor der Justiz ein Ende bereiten wollte. Meine schließliche Gefangennahme durch die siegreiche Koppel verlief alles andere als dramatisch; ich bin nicht einmal sicher, ob die Hunde überhaupt von mir Notiz genommen hätten, wenn ich sie nicht angesprochen und gestreichelt hätte, doch führte dieser Ausgang zu außerordentlicher Erregung unter den Mitstreitern. Der Besitzer der Koppel, die den Siegern am dichtesten auf den Fersen gewesen war, ein Amerikaner, legte Protest ein mit der Begründung, vor sechs Generationen habe ein Otterhund in die Familie der siegreichen Koppel eingeheiratet; der Preis aber sei den ersten Bluthunden ausgesetzt worden, die den Mörder aufspürten, und ein Hund, in dessen Adern ein Vierundsechzigstel Otterhund-Blut fließe, dürfe formal nicht als Bluthund zugelassen werden. Wie die Sache schließlich entschieden wurde, weiß ich nicht mehr, jedenfalls warf der ungeheuer erbitterte Streit auf beiden Seiten des Atlantiks hohe Wellen. Mein eigener Beitrag zu der Kontroverse bestand in der Beteuerung, daß der ganze Disput am Ziel vorbeischieße, da der wirkliche Mörder noch gar nicht gefaßt war; ich merkte freilich schon bald, daß in diesem Punkte die Ansichten der Öffentlichkeit oder aber der Fachleute nicht im geringsten auseinandergingen. Mit dunklen Ahnungen hatte ich dem Nachweis meiner Identität und der Darlegung meiner Motive als einer unangenehmen Notwendigkeit entgegengesehen; rasch wurde mir nun klar, daß das weitaus Unangenehmste daran in seiner gänzlichen Unmöglichkeit bestand. Als ich im Spiegel den hageren, gehetzten Ausdruck sah, den die Erlebnisse der vergangenen Wochen meinem einstmals ruhigen Antlitz aufgeprägt hatten, überraschte es mich kaum noch, daß sich meine wenigen Freunde und Verwandten weigerten, mich in meinem veränderten Aufzug wiederzuerkennen, und auf ihrem halsstarrigen und weithin geteilten Glauben bestanden, daß ich selber auf jener Landstraße ums Leben gebracht worden war. Um die Sache noch schlimmer, unendlich viel schlimmer zu machen, identifizierte mich eine Tante des wirklich Ermordeten, ein schauderhaftes Wesen von augenscheinlich sehr geringem Intelligenzgrad, als ihren Neffen und lieferte den Behörden eine wüste Schilderung meiner verderbten Jugend und ihrer löblichen, wenn auch fruchtlosen Bemühungen, mich auf eine bessere Bahn zu prügeln. Ich glaube, es wurde sogar beantragt, mich nach Fingerabdrücken abzusuchen.«

»Aber«, sagte der Geistliche, »Ihre Bildung wird doch sicher —«

»Eben das hat den Ausschlag gegeben«, sagte der Verurteilte; »genau hier sprach meine mangelnde Spezialisierung so unheilvoll gegen mich. Der tote Heilsarmist, in dessen Identität ich so leichtfertig und so unseligerweise geschlüpft war, hatte einen äußeren Anstrich von schäbiger moderner Bildung besessen. Ich hätte mit Leichtigkeit demonstrieren können, daß mein Wissen auf einem vollkommen anderen Niveau stand, doch fiel ich in meiner Nervosität elendiglich durch eine Prüfung nach der anderen, die man mir stellte. Das Bißchen Französisch, das ich je konnte, ließ mich im Stich; eine simple Wendung über die Stachelbeere des Gärtners vermochte ich nicht wiederzugeben, weil mir das französische Wort für Stachelbeere entfallen war.«

Wieder wand sich der Geistliche unruhig auf seinem Sitz. »Und dann«, fuhr der Verurteilte fort, »kam der endgültige Zusammenbruch. Wir hatten in unserem Dorf einen bescheidenen kleinen Debattier-Club gehabt, und ich erinnerte mich, daß ich versprochen hatte – hauptsächlich wohl, um die Frau des Arztes zu erfreuen und zu beeindrucken –, dort einen kurzgefaßten Vortrag über die Balkankrise zu halten. Ich hatte mich dabei darauf verlassen, die erforderlichen Unterlagen aus ein paar Standardwerken und alten Ausgaben bestimmter Zeitschriften herauszusuchen. Die Anklage hatte sorgfältig vermerkt, daß der Mann, der zu sein ich behauptete – und ja auch wirklich war –, an seinem Wohnort als eine Art zweitrangige Autorität in Balkan-Angelegenheiten aufgetreten war, und mitten in einer ganzen Reihe von unverfänglichen Fragen bat mich der vernehmende Anwalt mit teuflischer Überrumpelung, dem Gericht mitzuteilen, wo Novibazar liege. Ich spürte, daß diese Frage entscheidend war; etwas sagte mir, daß die Antwort entweder St. Petersburg oder Baker Street lautete. Ich zögerte, blickte hilflos in die Runde der unzähligen gespannt erwartungsvollen Gesichter, gab mir einen Ruck und entschied mich für Baker Street. Und gleich wußte ich, daß alles verloren war. Die Anklage hatte keinerlei Schwierigkeit zu beweisen, daß ein mit den Verhältnissen des Nahen Ostens auch nur mäßig vertrautes Individuum Novibazar niemals so pietätlos aus seinem angestammten Platz auf der Landkarte hätte versetzen können. Eine solche Antwort hätte man freilich dem Hauptmann der Heilsarmee zutrauen können – und ich hatte sie gegeben. Der Indizienbeweis, der den Heilsarmisten mit dem Verbrecher verknüpfte, war überwältigend lückenlos, und ich selbst hatte mich unentwirrbar in die Identität des Heilsarmisten verstrickt. Und so geschieht es nun, daß ich in zehn Minuten durch den Strang zum Tode befördert werde, um meine eigene Ermordung zu sühnen, einen Mord, der nie stattgefunden hat und an dem ich jedenfalls notwendigerweise unschuldig bin.«

Als der Geistliche eine Viertelstunde später in seine Gemächer zurückkehrte, wehte über dem Gefängnis-Wachturm die schwarze Flagge. Im Eßzimmer erwartete ihn sein Frühstück, doch vorher begab er sich in seine Bibliothek, nahm den *Times*-Atlas heraus und schlug die Karte der Balkan-Halbinsel auf. »Etwas Derartiges«, bemerkte er, indem er den Band wieder zuklappte, »könnte jedem einmal zustoßen.«

Das Geschlecht, das nicht einkauft

DIE ERÖFFNUNG EINES GROSSEN NEUEN Einkaufspalasts im West End für hauptsächlich weibliche Kundschaft regt zu einer Betrachtung darüber an, ob Frauen überhaupt je richtig einkaufen. Natürlich ist es eine wohlerwiesene Tatsache, daß sie so beflissen zum Einkauf losziehen wie die Bienen zu ihren Blüten; aber kaufen sie wirklich ein im praktischen Sinn dieses Worts? Geld, Zeit und Energie vorausgesetzt, müßten entschlossene Einkaufshandlungen zwangsläufig und unfehlbar zur Befriedigung der normalen häuslichen Bedürfnisse führen, während es doch für weibliche Dienstboten (sowie Hausfrauen aller Klassen) bekanntermaßen geradezu Ehrensache ist, mit den alltäglichen Bedarfsartikeln nicht versehen zu sein. »Donnerstag wird uns die Stärke ausgehen«, sagen sie in fatalistischer Vorahnung;

Donnerstag ist ihnen dann die Stärke ausgegangen. Sie haben den Verbrauch ihres Vorrats fast auf die Minute genau vorhergesagt, und wenn Donnerstag zufällig ein Tag ist, an dem die Geschäfte früher schließen, ist ihr Triumph vollständig. Ein Laden, der Stärke zum Verkauf an Lager hält, befindet sich womöglich gleich neben ihrer Haustür, aber eine so offenbare Quelle zur Auffüllung des schwindenden Vorrats hat der weibliche Geist verworfen. Die Aussage »Dort kaufen wir nicht« verbannt jenen Laden gleich aus dem Bereich menschlichen Handels und Wandels. Und es ist bemerkenswert, daß, ebenso wie ein Schafe reißender Hund selten die Herden in seiner direkten Nachbarschaft behelligt, eine Frau kaum einmal die Geschäfte in ihrer unmittelbaren Nähe aufsucht. Je entfernter die Versorgungsquelle, desto fester steht offenbar der Entschluß, etwas zur Neige gehen zu lassen. Die Arche hatte sich wohl noch keine fünf Minuten von ihren Vertäuungen losgemacht, als eine weibliche Stimme mit Wonne anhob, es sei nicht genug Vogelfutter an Bord. Erst neulich gestanden mir zwei Damen aus meiner Bekanntschaft ein Unbehagen, weil eine Freundin sie kurz vor dem Lunch besucht habe und sie nicht in der Lage gewesen seien, sie einzuladen, dazubleiben und mit ihnen zu speisen, da (mit einer Spur berechtigten Stolzes) »kein Bissen im Haus gewesen« sei. Ich wies darauf hin, daß sie in einer Straße wohnten, in der es von Lebensmittelgeschäften nur so wimmle, und sie ohne weiteres in weniger als fünf Minuten einen passablen Lunch auf die Beine hätten stellen können. »Das«, sagten sie mit ruhiger Würde, »wäre uns nie in den Sinn gekommen«, und ich spürte, daß sich mein Vorschlag am Rande des Unschicklichen bewegt hatte.

Aber erst wenn es um die Befriedigung ihrer literarischen Bedürfnisse geht, kommt die frauliche Begabung zum Einkaufen vollständig zum Erliegen. Hat man gerade mal ein Buch hervorgebracht, dem ein bescheidener Erfolg vergönnt ist, so trifft mit Sicherheit von einer Dame, die man kaum vom Grüßen her kennt, ein Brief ein mit der Anfrage, »wie man es bekommen kann«. Sie kennt den Titel des Buchs, seinen Verfasser und weiß, wo es erschienen ist, doch wie sie damit Verbindung aufnehmen könnte, bleibt für sie ein ungelöstes Rätsel. In der Antwort macht man darauf aufmerksam, daß Erkundigungen beim Eisenwarenhändler oder Getreideverkäufer nur Verzögerung und

Enttäuschung mit sich bringen würden, und schlägt als aussichtsreichstes Vorgehen, das einem gerade in den Sinn kommt, den Umgang mit einem Buchhändler vor. Nach ein paar Tagen schreibt sie zurück: »Es ist schon gut; ich habe es mir von Ihrer Tante ausgeliehen.« Hier haben wir freilich ein Exemplar der Gattung vor uns, die übers Einkaufen hinaus ist, jemand, der in den Besseren Weg eingeweiht ist. Ratlosigkeit jedoch greift auch bei jenen um sich, denen solche Seitenpfade zur Erlösung verschlossen sind. Kürzlich bekundete mir eine im West End wohnhafte Lady ihr Interesse an West-Highland-Terriern sowie ihre Neugier, mehr über diese Rasse zu erfahren, und als ich daher wenige Tage später in der aktuellen Ausgabe eines unserer bekanntesten Freizeit-Wochenblätter zufällig auf einen erschöpfenden Artikel über dieses Thema stieß, berichtete ich ihr in einem Brief davon und gab ihr auch das Erscheinungsdatum der Ausgabe an. »Ich kann die Zeitung nicht auftreiben«, tat sie mir am Telephon kund. Und wie sollte sie auch! Sie wohnt in einer Stadt, in der die Zeitungshändler vermutlich nach Tausenden zählen, und sie muß bei ihren täglichen Einkaufsgängen an Dutzenden solcher Läden vorbeigekommen sein, aber von ihr aus hätte jener Artikel über die West-Highland-Terrier genausogut in einer Gebetsrolle in irgendeinem osttibetanischen Buddhistenkloster aufbewahrt sein können.

Die rohe Geradlinigkeit des männlichen Einkäufers ruft bei weiblichen Zuschauern einen gewissen streitsüchtigen Spott hervor. Eine Katze, die sich eine Spitzmaus über einen ganzen langen Sommernachmittag hin vornimmt, um sie dann womöglich erst noch zu verlieren, empfindet zweifellos die gleiche Verachtung für einen Terrier, der seine Ratte auf zehn Sekunden betriebsamen Lebens komprimiert. Vor einigen Nachmittagen war ich gerade damit beschäftigt, ein paar Einkäufe abzuhalten, als ich von einer Lady aus meiner Bekanntschaft entdeckt wurde, die wir, abweichend von der vor dreißig Jahren von ihren Taufpaten erteilten Vorgabe, Agatha nennen wollen.

»Sie kaufen Löschpapier doch nicht etwa *hier?*« rief sie in aufgebrachtem Flüsterton; und sie wirkte so unverfälscht beunruhigt, daß ich meine Hand wieder zurückzog.

»Begleiten Sie mich zu Winks & Pinks«, sagte sie, sobald wir aus dem Gebäude heraus waren: »da gibt es so wunderbar getöntes

Löschpapier – perlgrau, heliotrop, *momie* und musfarben —«

»Ich will aber gewöhnliches weißes Löschpapier«, sagte ich.

»Einerlei. Bei Winks & Pinks kennt man mich«, erwiderte sie inkonsequent. Agatha stellte sich offenbar vor, Löschpapier werde nur in kleinen Mengen abgegeben, und nur an unbescholtene Personen, die Gewähr bieten, es keinem gefährlichen oder unschicklichen Zweck zuzuführen. Nachdem wir etwa zweihundert Yards gegangen waren, erschien ihr ihr Tee von viel dringlicherer Bedeutung als mein Löschpapier.

»Wozu brauchen Sie überhaupt Löschpapier?« fragte sie plötzlich. Ich setzte es ihr geduldig auseinander.

»Ich benutze es, um von Tinte feuchtes Papier zu trocknen, ohne die Schrift zu verschmieren. Wahrscheinlich eine chinesische Erfindung aus dem zweiten Jahrhundert vor Christus, ich bin da aber nicht sicher. Die einzige andere Verwendungsmöglichkeit, die ich mir denken kann, ist die, es als Spielball für eine Katze zusammenzuknüllen.«

»Aber Sie haben doch gar keine Katze«, sagte Agatha, dem weiblichen Streben folgend, die volle Wahrheit bei fast allen Gelegenheiten festzustellen.

»Eine verlaufene könnte sich jederzeit bei mir einfinden«, gab ich zu bedenken.

Auf alle Fälle habe ich mein Löschpapier nicht bekommen.

EIN EPOS
AUS DEM WEST COUNTY

Die Blutfehde von Toad-Water

DIE CRICKS WOHNTEN IN TOAD-WATER; und an denselben einsamen Hochland-Flecken hatte das Schicksal das Heim der Saunders geworfen, und meilenweit im Umkreis dieser beiden Siedlungen gab es weder einen Nachbarn noch eine Herdstelle, und erst recht keinen Friedhof, um dem Landstrich eine Note heiterer Gemeinschaft oder gesellschaftlichen Umgangs zu verleihen. Nichts als Äcker, Buschwerk und Scheunen, Feldwege und Ödland. Das war Toad-Water; und doch hatte selbst Toad-Water seine Geschichte.

Fernab im dumpfen Hinterland eines weitverzweigten Marktbezirkes hätten sich eigentlich diese beiden abgeschiedenen Posten der Großen Menschen-Familie einander in einer von verwandten Umständen und gemeinsamer Isolation von der Außenwelt gezeugten Verbundenheit zuwenden können. Und vielleicht war dem auch einmal so gewesen, doch hatte der Lauf der Dinge eine andere, wahrhaftig andere Richtung genommen. Das Schicksal hatte die beiden Familien unentrinnbar zusammengebracht und hatte verfügt, daß die Cricks unter ihren irdischen Besitztümern eine mannigfaltige Schar von Haus-Geflügel hegen und pflegen sollten, während es den Saunders den Hang zum Anbau von Gartenfrüchten mitgegeben hatte. Und hierin lag, griffbereit, der Stoff für den Ausbruch von Fehde und Feindschaft. Die Mißgunst zwischen dem Mann des Ackers und dem Mann des Getiers ist ja nichts Neues; sie ist bereits im vierten Kapitel der Genesis einsichtig. Und eines sonnigen Nachmittags im Spätfrühling trat die Fehde ein – trat ein, wie dergleichen meistens eintritt, scheinbar ziellos und trivial. Eine der Crickschen Hennen ward, gemäß den nomadischen Instinkten ihrer Rasse, ihres rechtmäßigen Schürfgeländes überdrüssig und flog über die niedrige Mauer, welche die Besitzungen der Nachbarn voneinander trennte, hinweg. Auf der anderen Seite drüben begann der irregeleitete Vogel im eiligen Bewußtsein seiner womöglich begrenzten Zeit und Gelegenheit zu schürfen und zu scharren, zu graben, zu kratzen in dem nachgiebigen Boden, der zur Erquickung und Wohlfahrt einer Kolonie Saatzwiebeln vorbereitet war. Kleine Schauer von Erdkrumen und Wurzelfasern sprühten vor und hinter der Henne auf, und das Gebiet ihrer Tätigkeit erweiterte sich zusehends. Die Zwiebeln litten erheblich. Mrs. Saunders, die in diesem unseligen Augenblick über den Gartenpfad schlenderte, um sich über die Niedertracht des Unkrauts auszulassen, das schneller wuchs, als sie oder ihr guter Mann es auszurupfen beliebten, erstarrte angesichts einer noch größeren Heimsuchung in stummer Bestürzung. Und sie wandte sich, in der Stunde ihrer Bedrängnis, instinktiv an Mutter Erde und griff mit geräumigen Händen massive Klumpen des festen braunen Bodens zu ihren Füßen. In grimmiger Hingabe, doch mit kläglicher Zielsicherheit, schleuderte sie ihre irdischen Geschosse auf die Plünderin los, und die niederprasselnden Brocken veranlaßten das Federvieh zu panischem Rückzug und einem Gegacker ungehaltenen Protests. Lautlosigkeit im Unglück zeichnet weder den Hühnerhof aus noch das weibliche Geschlecht, und während Mrs. Saunders über ihr Zwiebelbeet hinweg Auszüge aus ihrem Wortschatz, soweit sie dem

Nonkonformistischen Gewissen gestattet sind, zu Gehör brachte, erfüllte das Vasco-da-Gama-Huhn die Gegend von Toad-Water mit einem Crescendo von Echos kehliger Laute, die alle Aufmerksamkeit auf seine Kümmernisse zwangen. Mrs. Crick hatte sehr viel Verwandtschaft und darob, in deren Augen, sehr wenig Geduld, und als sie von ihrer allgegenwärtigen Nachkommenschaft mit dem ganzen Gewicht von Augenzeugen davon unterrichtet wurde, daß sich ihre Nachbarin vergessen hatte und nun mit Steinen nach ihrer Henne warf – ihrer besten Henne, der besten Legehenne der ganzen Gegend –, da kleidete sich ihr Unmut in Worte, die sich »für eine Christenfrau nicht gehören« – dies nach der Aussage von Mrs. Saunders, auf die sich die meisten der Worte bezogen. Noch war sie, wenn man sie fragte, überrascht darüber, daß Mrs. Crick ihre Hennen erst in anderer Leute Gärten streunen lasse und sie dann noch zu beschimpfen anfing, wo sie doch Dinge aufzuzählen vermöchte gegen Mrs. Crick – und diese wiederum wußte gleichzeitig mit Erinnerungen aus der Vergangenheit der Susan Saunders aufzuwarten, die ihr nicht gerade zur Ehre gereichten. »Holde Erinnerung, wenn alles sonst verblaßt, fliehn wir zu dir«, und im

schwindenden Licht eines Aprilnachmittags standen die beiden Frauen auf den jeweiligen Seiten der Gartenmauer und riefen sich gegenseitig mit bebendem Atem die Flecken und Makel der nachbarlichen Familienchronik ins Gedächtnis. Da war diese Tante von Mrs. Crick, die in einem Armenhaus von Exeter gestorben war – jedermann wußte, daß Mrs. Saunders' Onkel mütterlicherseits sich zu Tode getrunken hatte – und dann war dieser Vetter von Mrs. Crick aus Bristol! Dem schrillen Triumph nach, mit dem sein Name ausgestoßen wurde, mußte es sich bei seinem Vergehen mindestens um Kirchendiebstahl gehandelt haben; da aber die beiden Wühlerinnen in der Vergangenheit zu gleicher Zeit sprachen, war seine Schandtat nur schwer von dem Skandal zu entwirren, der das Andenken der Mutter der Frau des Bruders von Mrs. Saunders umwölkte – womöglich war sie eine Königsmörderin, und jedenfalls kein anständiger Mensch, gemäß der Schilderung von Mrs. Crick. Und jede der beiden kriegführenden Parteien informierte die andere mit der Miene zunehmender und unwiderstehlicher Gewißheit davon, daß sie keine Lady sei – wonach sie sich in wichtigem Schweigen zurückzogen mit dem Gefühl, daß ihnen weiter nichts zu sagen übrig blieb. In den Apfelbäumen fiepten die Buchfinken, die Bienen summten um die Berberitzen, und das schwindende Licht der Sonne fiel freundlich schräg über die Gärten hin, doch zwischen den Nachbar-Häusern war die Schranke eines durchdringenden und dauerhaften Hasses hochgegangen.

Die männlichen Häupter der Familie wurden unausweichlich in den Streit hineingezogen, und den Kindern auf beiden Seiten wurde jeder Umgang mit der ruchlosen Nachkommenschaft der anderen Partei untersagt. Da sie jeden Tag gute drei Meilen über dieselbe Straße zur Schule zu gehen hatten, ergab sich daraus eine mißliche Situation, aber so etwas mußte einfach sein. Auf diese Weise kam jeglicher Verkehr zwischen den beiden Häusern zum Erliegen. Nur die Katzen machten eine Ausnahme. So sehr Mrs. Saunders dies auch beklagen mochte, ließ das Gerücht nicht locker, das auf den Kater der Cricks als mutmaßlichen Vater etlicher Kätzlein verwies, deren Mutter unstreitig die Katze der Saunders war. Mrs. Saunders ertränkte die Kätzlein, die Schmach blieb freilich haften.

Der Sommer löste das Frühjahr ab, der Winter den Sommer, allein die Fehde überdauerte den Wechsel der Jahreszeiten. Einmal allerdings sah es aus, als könnte der heilsame Einfluß der Religion den einstmaligen Frieden von Toad-Water wiederherstellen; die verfeindeten Familien fanden sich Seite an Seite in der seelenerhebenden Atmosphäre eines Erweckungstees, wo sich Hymnen zu einem Getränk gesellten, das aus Teeblättern und heißem Wasser gezeugt wurde und ganz dem letzteren Elternteil nachschlug, und wo geistlicher Rat durch dekorativ hergerichtetes Gebäck gelindert wurde – und hier, von der Stimmung festlicher Frömmigkeit angesteckt, lockerte sich Mrs. Saunders so weit, daß sie reserviert zu Mrs. Crick bemerkte, der Abend sei schön gewesen. Unter dem Einfluß ihrer neunten Tasse Tee und ihrer vierten Hymne äußerte Mrs. Crick die Hoffnung, er könnte weiterhin so bleiben, doch eine ungeschickte Anspielung des Saundersgatten auf das verzögerte Wachstum des Gartengemüses holte die Fehde mit all ihrer alten Bitterkeit wieder aus dem Winkel hervor. Mrs. Saunders stimmte herzhaft in den Gesang der letzten Hymne ein, die Frieden und Wohlgefallen und Erzengel und güldenen Glorienschein verkündete; doch ihre Gedanken verweilten bei der verarmten Tante aus Exeter.

Seither sind Jahre ins Land gezogen, und

einige der Darsteller in diesem Drama am Wegesrand sind in die Ewigkeit abgetreten; neue Zwiebeln sind nachgewachsen, sind gediehen und ihren Weg gegangen, und die Henne des Anstoßes hat für ihre Missetaten längst mit gefesselten Füßen und unaussprechlich friedfertigem Blick unter der gewölbten Markthalle von Barnstaple Buße getan.

Die Blutfehde von Toad-Water besteht aber bis zum heutigen Tag.

IN ZWEI SZENEN

Das jung-türkische Verhängnis

DER MINISTER DER SCHÖNEN KÜNSTE (dessen Ministerium vor kurzem die neue Unter-Abteilung für Wahl-Handhabung angegliedert worden war) stattete dem Großwesir einen Geschäftsbesuch ab. Orientalischer Etikette gemäß sprachen sie zunächst eine Zeitlang über Belangloses. Gerade noch rechtzeitig konnte der Minister sich zurückhalten, en passant auf den Marathonlauf anzuspielen, da ihm einfiel, daß der Wesir eine persische Großmutter hatte und irgendeinen Hinweis auf Marathon als ein wenig taktlos empfinden könnte. Bald kam der Minister auf das eigentliche Thema seiner Unterredung zu sprechen.

»Die neue Verfassung gesteht Frauen das Wahlrecht zu?« fragte er abrupt.

»Wahlrecht? Frauen?« rief der Wesir in höchstem Erstaunen. »Mein lieber Pascha, der

Neuen Richtung haftet ohnehin schon der Hautgout des Absurden an; bemühen wir uns, sie nicht ganz und gar lächerlich zu machen. Frauen besitzen weder eine Seele noch Intelligenz; warum, um alles in der Welt, sollten sie dann Stimmrecht haben?«

»Ich weiß, wie absurd das klingt«, sagte der Minister, »aber im Westen trägt man sich ernsthaft mit dieser Idee.«

»Dann muß man dort mit einer größeren Ernsthaftigkeit ausgestattet sein, als ich Ihnen beigemessen habe. Nachdem ich mich ein Leben lang vor allem darum bemüht habe, Würde zu bewahren, kann ich dem Drang, dieses Ansinnen zu belächeln, kaum widerstehen. Tja nun, unsere Weibsleute können zum größten Teil weder lesen noch schreiben. Wie wäre es ihnen da möglich, die Prozedur des Wählens auszuführen?«

»Man könnte ihnen die Namen der Kandidaten zeigen, und die Stelle, wo sie ihr Kreuz hinmalen sollen.«

»Wie meinen?« unterbrach der Wesir.

»Ihren Halbmond, wollte ich sagen«, korrigierte sich der Minister. »Das wäre ganz nach dem Geschmack der Jung-Türkischen Partei«, setzte er hinzu.

»Nun, jaja«, sagte der Wesir, »wenn wir *das*

wirklich einführen wollten, das glaubt uns ja doch kein Sch—«, der Name jenes unreinen Tieres kam ihm nicht über die Lippen: er stockte kurz und fuhr dann fort: »kein Kamel. Aber gut: gehen wir also aufs Ganze. Ich werde Anweisung erteilen, daß die Weibsleute das Stimmrecht haben sollen.«

Die Abstimmung im Wahlbezirk Lakumistan näherte sich dem Ende. Der Kandidat der Jung-Türkischen Partei hatte dem Vernehmen nach bereits drei- oder vierhundert Stimmen Vorsprung und entwarf schon seine Ansprache, in der er seinen Wählern Dank abstatten wollte. Sein Sieg hatte praktisch schon vorher festgestanden, schließlich hatte er die ganze erprobte Wahlmaschinerie des Westens in Gang gesetzt. Sogar von Automobilen hatte er Gebrauch gemacht. Von seinen Anhängern waren mit diesen Vehikeln nur wenige zur Abstimmung gefahren, doch dank der intelligenten Fahrweise seiner Chauffeure waren viele seiner Gegner im Grab oder in Krankenhäusern gelandet oder enthielten sich anderweitig der Stimmabgabe. Und dann geschah etwas Unvorhergesehenes. Der Gegen-Kandidat, Ali der Gesegnete, erschien mit seinen Frauen und

Haremsdamen, deren Zahl sich auf etwa sechshundert belief, auf dem Schauplatz. Mit Wahlpamphleten hatte Ali sich wenig Mühe gegeben, dafür aber soll er geäußert haben, daß jede Stimme, die sein Rivale erhalte, ein weiterer Sack sei, der in den Bosporus geworfen würde. Der Kandidat der Jung-Türken, der sich den westlichen Bräuchen angepaßt hatte und nur Eine Frau und kaum Mätressen besaß, stand hilflos daneben, während die Stimmenzahl seines Widersachers zu einer triumphalen Mehrheit anschwoll.

»Cristabel Columbus!« jammerte er laut und rief so leicht verwirrt den Namen eines hervorragenden Pioniers an; »wer hätte das gedacht?«

»Seltsam«, wunderte sich Ali, »daß einer, der so lärmend und wortreich die Geheime Wahl propagiert hat, die verschleierte Abstimmung übersehen haben sollte.«

Und indem er mit seinen Wählerinnen heimwärts wandelte, murmelte er ein Impromptu auf den Ketzer-Poeten Persiens in seinen Bart:

»Der Eine will's erzwingen, reich an Schreibern
Und einem mächt'gen Heer von Stimmeintreibern;
Und ich, der ihn bezwang in diesem Ringen,
Bin reich an Einem nur – an Weibern.«

Judkin mit den Paketen

EINE GESTALT IN UNDEFINIERBAREM Tweed-Anzug, in Packpapier gewickelte Pakete tragend. Das war es, worauf wir jäh in der Kurve eines verschlammten Feldwegs in Dorsetshire stießen; unser Rotschimmel glotzte und überlegte augenscheinlich, ob er einen Knicks machen sollte. Die Stute ist straßenscheu mit phlegmatischen Intervallen, und man kann nie sagen, woran sie vorbeigeht und woran nicht. Wir nennen sie Redford. Dies war meine erste Begegnung mit Judkin, und beim nächstenmal waren die Umstände dieselben; derselbe Schlammpfad, dieselbe apologetische Gestalt im Tweed-Anzug, dieselben oder doch sehr ähnliche Pakete. Nur daß der Rotschimmel diesmal stur geradeaus sah.

Ob ich nun den Burschen gefragt habe oder ob er die Auskunft von selber gegeben hat, weiß ich nicht mehr; jedenfalls gelang es mir irgendwie, nach und nach die Lebensgeschichte dieses Bewanderers der Landstraße zu rekonstruieren. Im großen und ganzen glich sie zweifellos denen vieler anderer, auf die man hin und wieder aufmerksam gemacht wird: dereinst hätten sie in Elite-Kavallerie-Regimentern gedient und seien berühmte Reitkünstler gewesen; Männer, die das Wunder des Ostens in ihre Lungen gesogen haben, durchs Leben wie durch einen Kotillon getobt sind, womöglich beim Pokal des Vizekönigs die Klinge geführt und am Golf von Aden Phantastisches zu Pferde vollbracht haben. Dann ist der güldne Strom versandet, das Licht der Sonne hat sich jählings verzogen, und die Götter haben »Hinweg!« gewinkt. Und sie haben sich mitnichten hinweg begeben. Vielmehr haben sie sich den Schlammpfaden und schäbigen Landhäusern und den vorherbestimmten Übeln des Lebens zugewandt, um Birnbäume wachsen zu sehen und Hennen zum Eierlegen zu ermuntern. Und so wie diese anderen war auch Judkin; mit einem Ruck war der Wein aus dem Pokal seines Lebens verschüttet worden, und er war dageblieben, um den Bodensatz aufzulecken, den die Weisen wegwarfen. In den Tagen seiner Verachtung hätte er den Rotschimmel und sein Gefährt durch einen Blick aus der flotten Fassung gebracht, gleich wie er einen billigen Claret unterm Korken oder eine unschöne Frau hinter ihrem Schleier zum Erstarren gebracht hätte; und jetzt zog er stoisch durch den Schlamm in einem Tweed-Anzug, der schließlich einem Gärtnerjungen vermacht werden und ihm vielleicht erst noch passen würde. Die guten Götter, die den Ausgang schon vor dem Anfang kennen, ließen wahrscheinlich irgendwo einen Gärtnerjungen heranwachsen, dem diese Kleider passen würden, und Judkin war nur der Verwalter, der sie eine Zeitlang bewohnte. Ich stelle mir das gerne so vor, und vermutlich irre ich mich. Und Judkin, dessen Kleider ihm dereinst mehr bedeutet hatten als seine Religion, kaum weniger heilig als ein Familienzwist, trug jetzt diese Pakete zu seinem Häuschen und seiner Gattin zurück, die ihn und sie erwartete – eine Gattin, die, so sehr wir heute auch das Gegenteil sehen, einstmals wohl eine Figur gehabt hat und vielleicht noch jetzt ein Herz aus Gold besitzt – aus neunkarätigem Gold zumindest –, mit Sicherheit aber eine Seele aus Zwirn. Und er, der Handlangerdienste verrichtet hat, wird darlegen, wie es ihm in seinen Geschäften ergangen ist, und falls er die falsche Sorte Zucker oder Nähgarn mitgebracht hat, wird er das Mißbehagen von ihrem düstren Antlitz hinwegschmeicheln, so wie eine Bäckersmagd die Schmeißfliegen von einer vertrockneten Semmel vertreibt. Und dieser Mann hat einmal den Zorn eines Vollbluts zu beschwichtigen, sein Toben und Stampfen zu besänftigen gewußt, wenn es unter ihm in der freudigen Wut seiner Kraft und dem Glanz seiner Stärke tanzte. Er hatte die rauhen Regionen dieser Welt durchschritten, in denen Wüstentiere, deren Augen im Widerschein der mitternächtlichen Sterne glommen, ihre unvorstellbaren Psalmen winselten – und er vermag in der Pflege eines brütenden Vogels vollkommen aufzugehen. Es ist fürchterlich und unrecht, und doch lag auf seinem Gesicht, wenn ich ihm auf den Feldwegen begegnete, ein Ausdruck gelassener Heiterkeit, den man nur als Glück deuten konnte. Hat Judkin, der Mann mit den Paketen, im Bodensatz des Lebens etwas gefunden, das ich, der ich über so manches Meer gefahren bin, übersehen habe? Liegt gar in seiner Schrulligkeit mehr Weisheit als in der Tollheit der Weisen? Die guten Götter wissen es.

Alles in allem habe ich Judkin wohl nicht

mehr als dreimal gesehen, und stets war der Feldweg der Ort unserer Begegnungen; aber als mich eines drückenden, wolkenverklebten Tages der Rotschimmel zum Bahnhof zog, kam ich an einem trübseligen Häuschen vorbei, und entweder war es der Bursche, oder mein Instinkt, der mir sagte, daß dies Judkins Heimstatt sei. Hinter einer zerzausten Holunderhecke drang das Tock-Tock eines Spatens hervor, von gelegentlichem Scheppern samt anschließender Stille unterbrochen, als habe jemand einen Stein ausgegraben und fortgeworfen, und ich wußte, daß *er* es war, der da den Wurzeln eines Birnbaumes Namenloses antat. Neben ihm lag, davon war ich überzeugt, ein großer, verspäteter Eierkürbis, und dessen Größe und Verspätung würden das Gesprächsthema beim Lunch abgeben. Man würde andeuten, daß er der Erntedank-Messe zur Zierde gereichen könnte; da die Ernte weithin so unbefriedigend ausgefallen sei, wäre es nicht fair, die Zutaten für die Freudenfeier allein von den Bauern zur Verfügung stellen zu lassen.

Und während ich über die Schienen heimwärts raste, würde Judkin sich mit einem Eierkürbis und einem Korb voll Dahlien zum Pfarrhaus schleppen. Den Korb wolle er aber zurückhaben.

Gabriel-Ernest

»IN IHREN WALDUNGEN IST EIN WILDES Tier«, sagte der Künstler Cunningham, als er zum Bahnhof gefahren wurde. Es war seine einzige Bemerkung während der ganzen Fahrt, doch da Van Cheele unablässig geredet hatte, war das Schweigen seines Begleiters kaum aufgefallen.

»Ein paar streunende Füchse und einige ansässige Wiesel. Nichts Schlimmeres«, sagte Van Cheele. Der Künstler sagte nichts.

»Wie meinten Sie das mit dem wilden Tier?« fragte Van Cheele später, als sie auf dem Bahnsteig standen.

»Schon gut. Alles nur Einbildung. Da kommt der Zug«, sagte Cunningham.

Am Nachmittag unternahm Van Cheele einen seiner häufigen Streifzüge durch seine Wald-Besitzungen. In seinem Arbeitszimmer hatte er eine ausgestopfte Rohrdommel stehen, und er kannte die Namen einer ganzen Menge wildwachsender Pflanzen, weshalb seine Tante ihn wohl mit einigem Recht als großen Naturforscher bezeichnen durfte. Auf jeden Fall war er ein großer Spaziergänger. Er pflegte alles, was er auf seinen Wanderungen sah, im Geiste zu notieren, nicht unbedingt, um der zeitgenössischen Wissenschaft beizustehen, sondern eher um hinterher mit Gesprächsstoff versehen zu sein. Wenn etwa die Glockenblumen zu blühen begannen, setzte er beflissen jedermann von diesem Umstand in Kenntnis; zwar hätte schon die Jahreszeit seinen Zuhörern die Wahrscheinlichkeit eines solchen Ereignisses nahelegen können, doch spürten sie immerhin, daß er kein Blatt vor den Mund nahm.

Was Van Cheele an diesem speziellen Nachmittag zu Gesicht bekam, lag freilich weit außerhalb seines gewöhnlichen Erfahrungsbereichs. Auf einem glatten Steinvorsprung, der einen tiefen Teich überragte, lag in einem Gewölbe von Eichendickicht lang ausgestreckt ein etwa sechzehnjähriger Knabe, der seine nassen braunen Gliedmaßen wollüstig in der Sonne trocknen ließ. Das nasse Haar, vom letzten Tauchen straff gescheitelt, lag dicht an seinem Kopf an, und seine hellbraunen Augen, so hell, daß sie geradezu tigerhaft glommen, waren mit einer gewissen trägen Wachsamkeit auf Van Cheele gerichtet. Eine unerwartete Erscheinung, und Van Cheele sah sich zu dem völlig neuartigen Vorgehen genötigt, erst zu denken und dann zu sprechen. Wo konnte dieser wild aussehende Junge bloß herstammen. Die Müllersfrau hatte vor zwei Monaten ein Kind verloren, das vermutlich vom Mühlbach fortgeschwemmt worden war; aber das war ein Säugling gewesen, kein halbwüchsiger Jüngling.

»Was treibst du hier?« verlangte er zu wissen.

»Ich sonne mich, wie man sieht«, erwiderte der Junge.

»Wo wohnst du?«

»Hier, in diesem Wald.«

»Du kannst nicht im Wald wohnen«, sagte Van Cheele.

»Es ist ein sehr schöner Wald«, sagte der Junge mit einem gönnerhaften Unterton in seiner Stimme.

»Aber wo schläfst du nachts?«

»Nachts schlafe ich nicht; da habe ich gerade am meisten zu tun.«

Van Cheele spürte gereizt, daß er sein Problem nicht zu fassen bekam.

»Wovon ernährst du dich denn?« fragte er.

»Von Fleisch«, sagte der Junge; er artikulierte das Wort mit gemächlichem Behagen, als schmecke er es auf der Zunge.

»Fleisch! Was für Fleisch?«

»Wenn es Sie denn interessiert: Kaninchen, Wildenten, Hasen, Geflügel und Lämmer je nach Jahreszeit; Kinder, wenn ich sie kriegen kann. Sie sind nachts, und da jage ich nunmal vorwiegend, gewöhnlich zu gut eingesperrt. Es ist schon zwei Monate her, seit ich das letztemal Kinderfleisch gekostet habe.«

Van Cheele ignorierte diese letzte, scherzhafte Bemerkung und versuchte das Thema etwaiger Wilddiebereien anzusteuern.

»Du bist wohl nicht richtig unterm Hut, willst mir weismachen, daß du dich von Hasen ernährst!« (In Anbetracht der Toilette des Knaben war die Redensart kaum angemessen.) »Unsere Berghasen lassen sich nicht so einfach fangen.«

»Nachts jage ich auf allen vieren«, kam es etwas rätselhaft zurück.

»Du willst wohl andeuten, daß du mit einem Hund auf die Jagd gehst?« versuchte Van Cheele.

Der Junge drehte sich langsam auf den

Rücken um und stieß ein unheimliches leises Lachen aus, das vergnügt wie ein Kichern und zugleich unangenehm wie ein Knurren klang.

»Ich glaube kaum, daß irgendein Hund sich um meine Gesellschaft reißen würde, schon gar nicht nachts.«

Van Cheele konnte sich nicht mehr des Gefühls erwehren, daß dieser Jüngling mit den seltsamen Augen und seltsamen Reden etwas ausgesprochen Makabres an sich hatte.

»Ich kann nicht dulden, daß du dich in diesem Wald hier aufhältst«, erklärte er gebieterisch.

»Ich schätze, Sie würden mich lieber hier dulden als in Ihrem Haus«, sagte der Junge.

Die Vorstellung dieses wilden nackten Tiers in seinem schmucken ordentlichen Heim war in der Tat beunruhigend.

»Wenn du dich nicht von hier entfernst, werde ich dich zwingen müssen«, sagte Van Cheele.

Der Junge wandte sich wie der Blitz, sprang in den Teich und hatte im Nu seinen nassen und glitzernden Körper auf halbe Höhe der Uferböschung geschwungen, wo Van Cheele stand. Bei einem Otter wäre diese Bewegung nicht bemerkenswert gewesen; bei einem Jungen fand Van Cheele sie ziemlich überrumpelnd.

Als er unwillkürlich zurückwich, glitt er aus und schlug auf dem glitschigen, unkrautüberwachsenen Ufer beinah der Länge nach hin; und diese gelben Tigeraugen waren ganz dicht vor ihm. Fast instinktiv hob er eine Hand halb an seinen Hals. Wieder lachte der Junge, ein Lachen, aus dem das Knurren das Kichern fast vollständig verdrängt hatte, worauf er mit einer weiteren seiner erstaunlichen Blitzbewegungen im nachgiebigen Gewirr von Farn und Kräutern verschwand.

»Welch ungewöhnliches wildes Tier«, sagte Van Cheele, als er sich hochrappelte. Und ihm fiel Cunninghams Bemerkung wieder ein: »In Ihren Waldungen ist ein wildes Tier.«

Während er langsam nach Hause schritt, begann Van Cheele verschiedene lokale Vorkommnisse zu überdenken, die auf diesen erstaunlichen jungen Wilden zurückzuführen sein könnten.

Der Wildbestand des Waldes war in letzter Zeit dezimiert worden; von den Höfen war Geflügel verschwunden; Hasen waren unerklärlich rar geworden; und aus den Hügeln waren ihm Klagen zu Ohren gekommen, daß Lämmer mit Haut und Haar verschleppt würden. War es denkbar, daß dieser wilde Junge tatsächlich zusammen mit einem geschickten Wilderer-Hund diesen Landstrich unsicher machte. Er hatte davon gesprochen, nachts »auf allen vieren« zu jagen, aber andererseits dunkel angedeutet, daß sich kein Hund in seine Nähe wage, »schon gar nicht nachts«. Das war doch recht rätselhaft. Und als dann Van Cheele noch einmal die verschiedenen Plünderungen der letzten Monate Revue passieren ließ, hielt er plötzlich jäh inne, in seinem Gang wie auch in seinen Erwägungen. Das Kind, das vor zwei Monaten bei der Mühle verschollen war – nach der allgemein anerkannten Ansicht war es in den Mühlbach gestolpert und fortgeschwemmt worden; seine Mutter hatte aber immer wieder beteuert, sie habe einen Schrei von der Bergseite des Hauses her gehört, also aus der entgegengesetzten Richtung. Natürlich war das undenkbar, aber der Junge hätte diese unheimliche Bemerkung über Kinderfleisch vor zwei Monaten doch lieber unterlassen. Etwas so Schauderhaftes sollte nicht einmal im Scherz ausgesprochen werden.

Ganz gegen seine Gewohnheit stimmte seine Entdeckung im Wald Van Cheele nicht mitteilsam. Seine Stellung als Gemeinderat und Friedensrichter hätte leicht gefährdet werden können, wenn er auf seinem Grund und Boden ein Wesen von so zweifelhaftem Ruf beherbergte; es drohte sogar die Möglichkeit, daß ihm wegen der geraubten Lämmer und Hühner umfangreiche Schadensersatzklagen zukommen würden. Beim Dinner an diesem Abend war er ganz ungewöhnlich schweigsam.

»Hat es dir die Stimme verschlagen?« fragte seine Tante. »Man könnte meinen, du hättest den Wolf gesehen.«

Van Cheele, der mit dem alten Sprichwort nicht vertraut war, fand die Bemerkung ziemlich töricht; wenn er auf seinem Grund und Boden einen Wolf gesehen hätte, wäre seine Zunge darüber außerordentlich in Bewegung geraten.

Beim Frühstück am nächsten Morgen war sein Unbehagen wegen der gestrigen Episode noch nicht ganz verschwunden, und er faßte den Entschluß, mit dem Zug in die benachbarte Domstadt zu fahren, um Cunningham aufzusuchen und sich erzählen zu lassen, was genau diesen zu der Bemerkung über ein wildes Tier in seinem Wald veranlaßt habe. Mit diesem festen Entschluß kehrte seine gewöhnliche Heiterkeit teilweise zurück, und als er zu seiner allmorgendlichen Zigarette ins Damenzimmer hinüberschlenderte, summte er ein fröhliches

Liedchen vor sich hin. Beim Betreten des Zimmers wich das Lied abrupt einem frommen Ausruf. Anmutig auf der Ottomane ausgestreckt, in einer Haltung von geradezu übertriebener Gelassenheit, lag der Knabe aus dem Wald. Er war trockener als beim letzten Anblick, sonst aber war an seiner Toilette keine Änderung festzustellen.

»Wie kannst du es wagen, hierherzukommen?« fragte Van Cheele aufgebracht.

»Sie haben zu mir gesagt, ich dürfe nicht im Wald bleiben«, sagte der Junge ruhig.

»Aber nicht, daß du herkommen sollst. Wenn dich meine Tante hier sieht!«

Und um diese Katastrophe tunlichst klein zu halten, bedeckte Van Cheele seinen unwillkommenen Gast so weit wie möglich mit den Blättern einer *Morning Post*. In diesem Augenblick trat seine Tante in das Zimmer.

»Das ist ein armer Junge, der sich verlaufen hat – und sein Gedächtnis hat er auch verloren. Er weiß weder, wer er ist, noch wo er herkommt«, erklärte Van Cheele verzweifelt und schielte besorgt nach dem Gesicht des Wesens, um zu sehen, ob es seinen sonstigen wilden Neigungen auch noch eine unangebrachte Aufrichtigkeit hinzufügen würde.

Miss Van Cheele zeigte enorme Anteilnahme.

»Vielleicht ist seine Leibwäsche markiert?« schlug sie vor.

»Davon scheint er ebenfalls das meiste verloren zu haben«, sagte Van Cheele und fingerte nervös an der *Morning Post* herum, um sie an ihrem Platz zu halten.

Ein nacktes heimatloses Kind ging Miss Van Cheele ebenso warm ans Herz wie ein verirrtes Kätzlein oder ein herrenloses Hündchen.

»Wir müssen für ihn tun, was wir können«, entschied sie, und zum Pfarrhaus, wo ein Hausbursche beschäftigt war, wurde gleich ein Bote geschickt, der nach sehr kurzer Zeit mit einem Dienstanzug samt notwendigem Zubehör, Hemd, Schuhe, Kragen etc., zurückkam. Angezogen, gesäubert und gestriegelt, verlor der Junge in Van Cheeles Augen nichts von seiner Unheimlichkeit, während seine Tante ihn ganz entzückend fand.

»Wir müssen ihm irgendeinen Namen geben, bis wir wissen, wie er wirklich heißt«, sagte sie. »Gabriel-Ernest, denk ich mir; das sind nette, schickliche Namen.«

Van Cheele stimmte zu, fragte sich aber insgeheim, ob sie auch einem netten, schicklichen Kind verliehen würden. Die bösen Ahnungen wurden dadurch auch nicht verringert, daß sein stiller ältlicher Spaniel gleich beim Einzug des Knaben aus dem Haus gestürzt war und jetzt zitternd und kläffend im hinteren Teil des Obstgartens verharrte, während sich der Kanarienvogel, der gewöhnlich so emsig und stimmfreudig war wie Van Cheele selbst, mit verängstigten Zirplauten beschied. Fester denn je stand sein Entschluß, Cunningham unverzüglich um Rat zu fragen.

Als er zum Bahnhof abfuhr, ordnete seine Tante gerade Gabriel-Ernests Hilfe bei der Betreuung ihrer Sonntagsschulkinder für den Nachmittagstee an.

Cunningham war anfänglich nicht sehr gesprächig.

»Meine Mutter starb an irgendeiner Gehirnkrankheit«, erklärte er, »und daher werden Sie verstehen, warum ich wenig geneigt bin, näher auf etwas derart unmöglich Phantastisches einzugehen, ob ich es nun wirklich gesehen habe oder mir nur einbilde.«

»Aber was haben Sie denn gesehen?« beharrte Van Cheele.

»Was ich zu sehen geglaubt habe, war etwas so Ungewöhnliches, daß kein wirklich geistig gesunder Mensch es als tatsächlich geschehen anerkennen würde. Am letzten Abend meines Aufenthaltes bei Ihnen stand ich halb verborgen im Heckengesträuch am Gartentor und sah dem Verglühen des Sonnenuntergangs zu. Plötzlich nahm ich einen nackten Knaben wahr, der, wie ich annahm, in einem Teich in der Nähe gebadet hatte und jetzt vor dem kahlen Berghang stand und ebenfalls den Sonnenuntergang betrachtete. Seine Haltung gemahnte so sehr an einen wilden Faun aus heidnischen Mythen, daß ich ihn auf der Stelle als Modell engagieren wollte, und ich glaube, einen Augenblick später hätte ich ihm etwas zugerufen. Aber just in diesem Moment tauchte die Sonne unter, das ganze Orange und Rosa glitt aus der Landschaft, und sie wurde kalt und grau. Und gleichzeitig geschah etwas Verblüffendes – der Junge verschwand ebenfalls!«

»Was! Hat er sich in Luft aufgelöst?« fragte Van Cheele aufgeregt.

»Nein, jetzt kommt ja das Entsetzliche«, erwiderte der Künstler; »auf dem offenen Berghang, wo vor einer Sekunde noch der Junge gestanden hatte, stand jetzt ein riesiger Wolf mit schwärzlichem Fell und schimmernden Fangzähnen und furchtbaren gelben Augen. Sie denken womöglich —«

Aber Van Cheele hielt sich nicht mit etwas so Fruchtlosem wie Denken auf. Schon rannte er in höchster Eile zum Bahnhof. Ein Telegramm als Mitteilung verwarf er. »Gabriel-Ernest ist ein Werwolf« war eine hoffnungslos unangemessene Formulierung der Lage, und seine Tante würde sie für eine chiffrierte Botschaft halten, deren Schlüssel er ihr zu geben verabsäumt hätte. Seine einzige Hoffnung war, noch vor Sonnenuntergang nach Hause zu kommen. Die Kutsche, die er am anderen Ende der Eisenbahnfahrt mietete, trug ihn mit schier aufreizender Langsamkeit über die Landstraßen hin, die von der Glut der sinkenden Sonne in allen Nelken- und Malvenfarben glommen. Als er ankam, räumte seine Tante gerade ungegessene Süßigkeiten und Kuchenreste beiseite.

»Wo ist Gabriel-Ernest?« Er kreischte beinahe.

»Er bringt den Kleinen der Toops nach Hause«, sagte seine Tante. »Es war schon so spät, und da fand ich es sicherer, das Kind nicht alleine zurückgehen zu lassen. Ist der Sonnenuntergang nicht wunderschön?«

Obwohl nicht unempfänglich für das Glühen am westlichen Himmel, verweilte Van Cheele nicht bei dessen Schönheiten. Mit einem Tempo, für das er kaum ausgerüstet war, raste er den schmalen Weg zum Haus der Toops entlang. An einer Seite lief der hurtige Strom des Mühlbachs, auf der anderen erhob sich der kahle Berghang. Noch war am Horizont der schmale Rand der roten Sonne zu sehen, und hinter der nächsten Biegung mußte er das so ganz ungleiche Paar, hinter dem er herhetzte, zu sehen bekommen. Dann ging mit einemmal alle Farbe aus, und graues Licht legte sich auf die erschauernde Landschaft. Van Cheele vernahm einen schrillen Schrei der Angst und hörte auf zu laufen.

Weder von dem Kind der Toops noch von Gabriel-Ernest ward je wieder etwas gesehen, doch fanden sich die abgelegten Kleidungsstücke des letzteren auf der Straße, so daß man annahm, das Kind sei ins Wasser gestürzt und der Junge habe sich ausgezogen und sei ihm nachgesprungen in einem vergeblichen Rettungsversuch. Van Cheele und ein paar Arbeiter, die damals in der Nähe gewesen waren, sagten als Zeugen aus, sie hätten ganz nahe am Fundort ein Kind laut schreien hören. Mrs. Toop, die noch elf andere Kinder hatte, fügte sich mit Anstand in ihren Verlust, doch Miss Van Cheele trauerte ihrem verlorenen Findelkind noch lange nach. Auf ihr Betreiben hin wurde in der Gemeindekirche eine Messingtafel angebracht: »Für Gabriel-Ernest, einen unbekannten Knaben, der sein Leben tapfer für einen Anderen geopfert.«

Während Van Cheele sich sonst seiner Tante fast immer fügte, schlug er ihr eine Spende zum Angedenken an Gabriel-Ernest kategorisch ab.

Der Heilige und der Kobold

DER KLEINE STEIN-HEILIGE BEWOHNTE eine abgelegene Nische in einem Seitenschiff der alten Kathedrale. Niemand wußte mehr so recht zu sagen, wer er gewesen war, doch verlieh ihm dies auch ein respektvolles Ansehen. Zumindest sagte das der Kobold. Der Kobold war ein sehr hübsches Exemplar zierlicher Steinmetzarbeit und lebte hoch oben in der Blende in der Wand gegenüber der Nische des kleinen Heiligen. Er war mit einigen der besten Domleute verwandt, zum Beispiel mit den wunderlichen Schnitzfiguren am Chorgestühl und an der Altarschranke, und auch mit den Wasserspeiern oben auf dem Dach. All die phantastischen Untiere und Männlein, die sich in Holz oder Stein oder Blei über ihm im Gewölbe oder tief unten in der Krypta spreizten und krümmten, waren auf die eine oder andere

Weise mit ihm verwandt; folglich stellte er in der Welt des Domes eine Person von anerkannter Bedeutung dar.

Der kleine Stein-Heilige und der Kobold kamen sehr gut miteinander aus, auch wenn sie die meisten Dinge von verschiedenen Standpunkten aus betrachteten. Der Heilige war Philanthrop altfränkischer Manier; er hielt die Welt, so wie er sie sah, für gut, wenngleich für verbesserungsbedürftig. Insbesondere jammerten ihn die Kirchenmäuse, die so erbärmlich arm waren. Der Kobold andererseits war der Ansicht, die Welt, so wie er sie kannte, sei schlecht, sollte aber besser sich selbst überlassen bleiben. Es war die Aufgabe der Kirchenmäuse, arm zu sein.

»Gleichwohl«, sagte der Heilige; »sie tun mir sehr leid.«

»Natürlich tun sie dir leid«, sagte der Kobold; »es ist deine Aufgabe, sie zu bemitleiden. Würden sie es aufgeben, arm zu sein, könntest du deine Aufgaben nicht mehr erfüllen. Dann wärst du eine Sinekure.«

Er hoffte eigentlich, der Heilige würde ihn nach der Bedeutung des Wortes fragen, doch flüchtete sich dieser in steinernes Schweigen. Der Kobold mochte ja recht haben, aber den-

noch, dachte er, würde er gerne etwas für die Kirchenmäuse tun; bevor der Winter einzog; sie waren doch so schrecklich arm.

Indem er darüber nachsann, wurde er von etwas aufgeschreckt, das mit hartem metallischem Klimpern zwischen seine Füße fiel. Es war ein glänzender, frischgeprägter Taler; eine der Dom-Dohlen, die dergleichen sammelten, war damit zu einem Gesims genau über seiner Nische hineingeflogen, und das Zuknallen der Sakristei-Tür hatte sie so erschreckt, daß sie ihn hatte fallen lassen. Seit der Erfindung des Schießpulvers waren die Nerven ihrer Sippe auch nicht mehr das, was sie einmal gewesen waren.

»Was hast du da?« fragte der Kobold.

»Einen Silbertaler«, sagte der Heilige. »Das ist in der Tat«, fuhr er fort, »überaus günstig; jetzt kann ich für die Kirchenmäuse etwas tun.«

»Wie willst du das anstellen?« fragte der Kobold.

Der Heilige dachte nach.

»Ich werde der Kirchendienerin, die hier den Boden fegt, als Traumbild erscheinen. Ich werde ihr sagen, sie werde zwischen meinen Füßen einen Silbertaler finden; den müsse sie nehmen, davon ein Maß Getreide kaufen und es auf meinen Altar legen. Wenn sie das Geld findet, wird sie wissen, daß der Traum kein Blendwerk war, und meine Anweisungen gewissenhaft befolgen. Dann werden die Mäuse den ganzen Winter über zu essen haben.«

»*Du* kannst das natürlich machen«, stellte der Kobold fest. »Ich aber kann den Leuten nur erscheinen, wenn sie zum Abendessen reichlich unverdauliche Speisen zu sich genommen haben. Meine Möglichkeiten bei der Kirchendienerin wären beschränkt. Es hat wohl doch einige Vorteile, ein Heiliger zu sein.«

Während dieser ganzen Zeit lag die Münze zu Füßen des Heiligen. Sie war glatt und glänzend und trug eine schöne Prägung des kurfürstlichen Wappens. Der Heilige begann zu überlegen, daß eine solche Gelegenheit zu selten komme, als daß man vorschnell über sie verfügen dürfe. Wahllos ausgeteilte Nächstenliebe möchte den Kirchenmäusen womöglich Schaden zufügen. Schließlich war es ihre Aufgabe, arm zu sein; das hatte der Kobold gesagt, und im allgemeinen hatte der Kobold recht.

»Ich habe nachgedacht«, sagte er zu dieser Figur; »vielleicht wäre es wirklich besser, wenn ich anstelle des Getreides für einen Taler Kerzen in Auftrag gäbe, die auf meinen Altar zu stellen sind.«

Er wünschte sich oft, die Leute möchten, des Ansehens wegen, hin und wieder Kerzen vor seinem Altar anzünden; doch da sie vergessen hatten, wer er war, erachtete man solche Aufmerksamkeiten für kein gewinnträchtiges Unterfangen.

»Kerzen wären orthodoxer«, sagte der Kobold.

»Orthodoxer auf jeden Fall«, stimmte der Heilige zu; »und die Mäuse könnten sich an den Stummeln gütlich tun; Kerzenstummel sind sehr nahrhaft.«

Der Kobold war zu gut erzogen, um jetzt zu zwinkern; im übrigen kam das für einen steinernen Kobold auch gar nicht in Frage.

»Na, wenn er nicht da ist; freilich gar!« sagte die Kirchendienerin am nächsten Morgen. Sie nahm die schimmernde Münze aus der zugigen Nische und drehte sie in ihren schmutzigen Händen um und um. Dann nahm sie sie in den Mund und biß hinein.

»Sie wird ihn doch nicht aufessen!« dachte der Heilige und starrte sie mit seinem steinernsten Starren an.

»Tja«, sagte die Frau in etwas schrillerer Tonart; »wer hätte das gedacht! Auch der 'n Heiliger!«

Dann tat sie etwas Unerklärliches. Sie fummelte einen alten Streifen Band aus ihrer Tasche, wickelte ihn kreuzweise und mit großer Schleife um den Taler und hängte ihn dem kleinen Heiligen um den Hals.

Dann ging sie fort.

»Die einzig mögliche Erklärung dafür ist«, sagte der Kobold, »daß es ein falscher war.«

»Was ist das für ein Schmuck, den Ihr Nachbar da trägt?« fragte ein geflügelter Drache, der in das Kapitell einer benachbarten Säule gehämmert war.

Der Heilige hätte vor Verdruß weinen mögen, allein, da er aus Stein war, konnte er nicht.

»Das ist eine Münze von – ähem! – sagenhaftem Wert«, antwortete der Kobold taktvoll.

Und durch den ganzen Dom verbreitete sich die Neuigkeit, daß der Altar des kleinen Stein-Heiligen mit einer unschätzbaren Opfergabe verziert worden sei.

»Im Grunde hat es doch etwas für sich, das Bewußtsein eines Kobolds zu haben«, sprach der Heilige bei sich.

Die Kirchenmäuse waren so arm wie eh und je. Aber das war ja ihre Aufgabe.

Die Seele des Laploshka

LAPLOSHKA WAR EINER DER GEMEINSTEN Menschen, die mir je begegnet sind, und bestimmt einer der unterhaltsamsten. Er sagte gräßliche Dinge über andere Leute auf so charmante Art, daß man ihm die gleichermaßen gräßlichen Dinge, die er über einen selbst hinter seinem Rücken sagte, verzieh. Da wir alles, was boshaftes Geschwätz heißt, verabscheuen, sind wir denen dankbar, die es für uns besorgen, und dies erst noch gut. Und Laploshka machte es wahrlich gut.

Naturgemäß hatte Laploshka einen großen Kreis von Bekannten, und da er auf ihre Auswahl einige Sorgfalt verwandte, bestand ein beträchtlicher Anteil davon aus Männern mit Bankkonten, die ihnen Nachsicht für seine ziemlich einäugigen Anschauungen von Gastfreundschaft gestatteten. Auf diese Weise konnte er, obgleich nur mit bescheidenen Mitteln begabt, innerhalb der Grenzen seines Einkommens behaglich leben, und noch behaglicher innerhalb derer seiner zahlreichen, duldsam veranlagten Bekannten.

Den Armen hingegen und den wie seinesgleichen Bemittelten begegnete er mit einer Haltung banger Wachsamkeit; ständig schien ihn die Furcht zu quälen, daß irgendein Bruchteil eines Shillings oder Francs, oder welche Währung gerade gültig sein mochte, aus seiner Tasche oder seinen Diensten in die eines mittellosen Gefährten abgezweigt werden könnte. Einem wohlhabenden Gönner bot er mit heiterer Gelassenheit eine 2-Franc-Zigarre an, nach dem Grundsatz, daß Böses säen muß, wer Gutes ernten will; aber ich habe erlebt, wie er sich eher den Gewissensqualen eines Meineids hingab als den Besitz einer Kupfermünze eingestand, die für ein Trinkgeld noch gebraucht wurde. Die Münze wäre ihm bei frühester Gelegenheit pflichtschuldigst zurückerstattet worden – er hätte auch jeglicher Vergeßlichkeit des Schuldners mit Umsicht vorgebeugt –, aber es könnte ja immer etwas dazwischen kommen, und schon die zeitweilige Trennung von seinem Penny oder Sou war für ihn ein Unheil, dem es auszuweichen galt.

Wer um diese liebenswerte Schwäche wußte, sah sich ständig der Versuchung ausgesetzt, mit Laploshkas Angst vor unfreiwilliger Großzügigkeit sein Spiel zu treiben. Ihn in eine Droschke mit einzuladen und dann vorzugeben, man habe nicht genug Geld für den Fahrpreis bei sich; ihn mit einer Bitte um Sixpence in Verlegenheit zu bringen, wenn er gerade die Hand voller Silbermünzen hatte: das waren einige der belanglosen Martern, die der Witz einem je nach Gelegenheit eingab. Um Laploshkas Findigkeit gerecht zu werden, muß man zugeben, daß er sich auf die eine oder andere Weise aus den peinlichsten Klemmen zu winden verstand; ohne dabei seinen Ruf als Neinsager auch nur im geringsten zu gefährden. Irgendwann einmal aber gewähren die Götter den meisten Menschen eine Gelegenheit, und meine ergab sich eines Abends, als Laploshka und ich gemeinsam in einem billigen Straßen-Restaurant zu Abend aßen. (Außer wenn er von jemandem mit tadellosem Einkommen eingeladen war, pflegte Laploshka seine Begierde nach einem ausschweifenden Leben zu zügeln; bei solchen Gelegenheiten aber ließ er die Zügel schleifen.)

Gegen Ende des Mahles wurde ich von einer ziemlich dringenden Nachricht abberufen, und ohne auf den aufgebrachten Protest meines Begleiters zu achten, rief ich ihm unbarmherzig zu: »Zahlen Sie für mich mit; ich geb's Ihnen morgen zurück.« Früh am nächsten Morgen stöberte mich Laploshkas Instinkt in einer Nebenstraße auf, die ich sonst so gut wie nie benutzte. Er wirkte wie jemand, der eine schlaflose Nacht verbracht hatte.

»Sie schulden mir von gestern abend zwei Francs«, begrüßte er mich atemlos.

Ich sprach ausweichend von der Lage in Portugal, wo sich offenbar neue Schwierigkeiten zusammenbrauten. Aber Laploshka lauschte mir mit der Zerstreutheit einer tauben Natter und kam rasch auf das Thema der zwei Francs zurück.

»Ich fürchte, die muß ich Ihnen schuldig bleiben«, sagte ich leichthin und brutal. »Ich besitze nicht einen einzigen Sou«; ich fügte unwahrheitsgemäß hinzu: »Ich werde für sechs Monate, vielleicht auch für länger, außer Landes gehen.«

Laploshka sagte kein Wort, aber seine Augen traten ein wenig hervor, und seine Wangen färbten sich fleckig wie eine ethnographische

Karte der Balkan-Halbinsel. Noch am selben Tag, bei Sonnenuntergang, starb er. »Herzversagen«, lautete das Urteil des Arztes; ich aber, der es besser wußte, war davon überzeugt, daß er vor Kummer gestorben war.

Nun ergab sich das Problem, was ich mit seinen zwei Francs machen sollte. Laploshka ins Grab gebracht zu haben, war eine Sache; doch sein geliebtes Geld zu behalten, hätte auf Gefühllosigkeit schließen lassen, deren ich nicht fähig bin. Der übliche Ausweg einer Spende an die Armen wäre hier durchaus nicht angebracht gewesen, da nichts den Toten mehr beelendet hätte als ein solcher Mißbrauch seines Eigentums. Andererseits war die Zuwendung von zwei Francs an die Reichen ein Unterfangen, das einigen Takt erforderte. Ein einfacher Ausweg schien sich jedoch am folgenden Sonntag anzubieten, als ich eingekeilt in der kosmopolitischen Menge stand, die sich ins Seitenschiff einer der beliebtesten Pariser Kirchen gedrängt hatte. Durch das scheinbar undurchdringliche Menschenmeer kämpfte sich ein Klingelbeutel für »die Armen von Monsieur le Curé« auf mich zu, und ein vor mir stehender Deutscher, der sich in seinem Genuß der erhabenen Musik offenbar nicht durch das Ansinnen einer Spende stören lassen wollte, übte lautstarke Kritik an den Ansprüchen dieser Nächstenliebe.

»Die brauchen gar kein Geld«, sagte er; »die haben schon viel zu viel. Hier gibt's gar keine Armen. Die sind bloß alle verwöhnt.«

Wenn das tatsächlich der Fall war, schien mein Vorgehen klar. Mit einem gemurmelten Segenswunsch für die Reichen von Monsieur le Curé ließ ich Laploshkas zwei Francs in den Beutel gleiten.

Um die drei Wochen später hatte mich der Zufall nach Wien geführt, und eines Abends tat ich mich in einem bescheidenen, aber ausgezeichneten kleinen Gasthaus oben im Währingerviertel gütlich. Die Einrichtung war primitiv, doch das Schnitzel, das Bier und der Käse hätten vortrefflicher nicht sein können. Der gute Schmaus zog gute Kundschaft an, und mit Ausnahme eines kleinen Tischs am Eingang waren alle Plätze besetzt. Als ich bei meiner Mahlzeit einmal in Richtung dieses leeren Tisches blickte, war er nicht mehr leer. Mit dem versunken prüfenden Blick eines Mannes, der aus dem Billigen das Billigste heraussucht, saß dort, in die Preistafel vertieft, Laploshka. Einmal sah er mit einem vielsagenden Blick auf mein Essen zu mir herüber, als wolle er sagen: »Sie verspeisen da meine zwei Francs«, dann blickte er schnell weg. Die Armen von Monsieur le Curé waren offenbar doch wirklich arm gewesen. Das Schnitzel wurde mir im Munde zu Leder, das Bier schien auf einmal lauwarm; den Emmentaler kostete ich gar nicht erst. Ich wollte nur noch fort aus diesem Lokal, fort von dem Tisch, an dem *das* da hockte; und als ich die Flucht ergriff, spürte ich, wie Laploshka mit vorwurfsvollem Blick nach dem Betrag spähte, den ich dem Piccolo zusteckte – von seinen zwei Francs. Am nächsten Tag aß ich mittags in einem teuren Restaurant, das der lebendige Laploshka sicher nie auf eigene Rechnung betreten hätte, und hoffte, der tote Laploshka werde diese Schranke nicht übertreten. Ich hatte mich nicht getäuscht; aber als ich hinauskam, fand ich ihn elendiglich über dem Studium der ans Portal gehefteten Preisliste. Dann schlich er langsam zu einem Milchkiosk hinüber. Zum erstenmal entging mir der Charme und die Heiterkeit des Wiener Lebens.

Auch weiterhin bekam ich, in Paris, London, oder wo immer ich gerade war, von Laploshka sehr viel zu sehen. Hatte ich im Theater einen Logenplatz, war ich mir immer des Blicks bewußt, mit dem er mich aus den düsteren Winkeln der Galerie verstohlen im Auge behielt. Wenn ich an einem regnerischen Nachmittag in meinen Club trat, sah ich ihn auf der anderen Straßenseite unzureichend geschützt in einem Hauseingang. Selbst wenn ich mir den bescheidenen Luxus eines Penny-Stuhls im Park leistete, saß er mir gewöhnlich auf einer der gebührenfreien Bänke gegenüber, ohne mich direkt anzustarren, doch meiner Anwesenheit stets aufwendig bewußt. Meine Freunde redeten schon über mein verändertes Aussehen und rieten mir, alles mögliche aufzugeben. Laploshka hätte ich mit Vergnügen aufgegeben.

An einem gewissen Sonntag – wahrscheinlich Ostern, denn das Gedränge war schlimmer als je – stand ich wieder einmal eingekeilt in der Menge, die der Musik in der Kirche lauschte, und wieder kämpfte sich der Klingelbeutel durch das Menschenmeer auf mich zu. Eine englische Lady hinter mir unternahm wirkungslose Anstrengungen, eine Münze in den noch fernen Beutel zu befördern, weshalb ich auf ihr Ersuchen hin das Geld nahm und seinem Bestimmungsort zuführte. Es war ein 2-Franc-Stück. Einer raschen Eingebung folgend, ließ ich bloß meinen eigenen Sou in den Beutel gleiten, die Silbermünze aber in meine Tasche. Ich hatte den Armen, denen dies Vermächtnis nie zugedacht war, Laploshkas zwei Francs wieder entwendet. Als ich mich aus der Menge zurückzog, hörte ich noch eine Frauenstimme hinter mir: »Ich glaube, der hat mein Geld gar nicht in den Beutel geworfen. Paris ist voll von solchen Leuten!« Mir aber war seit langem nicht mehr so leicht ums Herz gewesen.

Noch lag die heikle Aufgabe vor mir, die wiedererlangte Summe den verdienstvollen Reichen zukommen zu lassen. Wieder verließ ich mich auf die Eingebung eines Zufalls, und wieder war mir das Glück hold. Ein Regenschauer trieb mich zwei Tage später in eine der historischen Kirchen am linken Ufer der Seine, und dort sah ich, in Betrachtung der alten Holzschnitzereien, den Baron R., einen der reichsten und am schäbigsten gekleideten Männer von Paris. Jetzt oder nie! Indem ich einen kräftigen amerikanischen Tonfall in mein Französisch legte, das ich gewöhnlich mit unverkennbar englischem Akzent sprach, fragte ich den Baron über das Baujahr der Kirche aus, über ihre Ausmaße und andere Einzelheiten, nach denen sich ein amerikanischer Tourist wohl erkundigen würde. Als ich die Auskünfte erhalten hatte, die der Baron aus dem Stegreif geben konnte, drückte ich ihm feierlich das 2-Franc-Stück in die Hand mit der herzlichen Versicherung »pour vous!« und wandte mich zum Gehen. Der Baron war leicht verblüfft, erledigte aber die Angelegenheit mit Würde. Er ging zu einem kleinen an der Wand befestigten Kasten und steckte Laploshkas zwei Francs in den Schlitz. Über dem Kasten stand die Inschrift: »Pour les pauvres de M. le Curé«.

Am selben Abend konnte ich an der vielbegangenen Ecke des Café de la Paix einen flüchtigen Blick von Laploshka erhaschen. Er lächelte, lüftete unmerklich den Hut und entschwand. Ich habe ihn nie wieder gesehen. Das Geld war immerhin den verdienstvollen Reichen *übergeben* worden, und Laploshkas Seele hatte ihren Frieden gefunden.

Die Tasche

»DER MAJOR KOMMT ZUM TEE«, SAGTE Mrs. Hoopington zu ihrer Nichte. »Er bringt nur eben sein Pferd in den Stall. Gib dich so frisch und heiter, wie du kannst; der arme Mann ist in trübsinniger Stimmung.«

Major Pallaby war ein Opfer von Umständen, über die er nichts, und seines Temperaments, über das er nur sehr wenig vermochte. Er hatte das Amt des Obersten Jagdleiters von Pexdale übernommen, und zwar als Nachfolger eines ungemein beliebten Mannes, der sich mit seinem Komitee angelegt hatte; mindestens die halbe Jagdgesellschaft stand dem Major mit unverhohlener Feindschaft gegenüber, und sein Mangel an Takt und Leutseligkeit trug viel dazu bei, ihm auch noch die übrigen abspenstig zu machen. Folglich begannen die Spendeneingänge abzuflauen, die Füchse machten sich provozierend rar, und ständig taten sich neue Fallgruben auf. Der Major hatte für seinen Schwermuts-Anfall durchaus einsichtige Rechtfertigungsgründe.

Daß Mrs. Hoopington sich auf Major Pallabys Seite schlug, ging größtenteils auf ihren Entschluß zurück, ihn innert kurzer Frist zu heiraten. Seiner notorisch schlechten Laune stellte sie seine dreitausend Pfund im Jahr entgegen, und die Aussicht auf den künftigen Erbtitel eines Baronets gab für ihn den Stichentscheid. Des Majors eigene Heiratspläne waren zur Zeit in einem noch nicht so fortgeschrittenen Stadium wie die von Mrs. Hoopington, doch fand er sich allmählich mit einer Häufigkeit im Hause Hoopington ein, die bereits von sich reden machte.

»Er hatte gestern wieder ein erbärmlich dünn besetztes Feld«, sagte Mrs. Hoopington. »Warum hast du nicht ein paar Jäger mitgebracht, statt dieses einfältigen Russenknaben; also wirklich!«

»Vladimir ist nicht einfältig«, widersprach ihre Nichte; »er ist einer der unterhaltsamsten Jungen, die ich je kennengelernt habe. Vergleiche ihn doch nur einmal mit manchen deiner plumpen Jägersleute —«

»Jedenfalls, meine liebe Norah, kann er nicht reiten.«

»Das können Russen nie; aber schießen kann er.«

»In der Tat; und was schießt er? Gestern brachte er in seiner Jagdtasche einen Specht nach Hause.«

»Aber er hatte auch noch drei Fasane und ein paar Kaninchen geschossen.«

»Damit läßt sich der Specht in seiner Jagdtasche nicht rechtfertigen.«

»Ausländer haben's eben mehr mit gemischter Beute als wir. Ein Großherzog erlegt einen Geier mit demselben Ernst, mit dem wir eine Trappe anpirschen. Immerhin habe ich Vladimir erklärt, daß gewisse Vögel unter seiner sportlichen Würde liegen. Und da er gerade erst neunzehn ist, hat Berufung auf seine Würde Erfolg.«

Mrs. Hoopington rümpfte die Nase. Die meisten Leute, mit denen Vladimir in Kontakt kam, fanden seinen Übermut ansteckend, aber seine derzeitige Gastgeberin war gegen Ansteckung dieser Art zuverlässig immun.

»Ich höre ihn kommen«, bemerkte sie. »Ich werde mich zum Tee umziehen gehen. Wir werden ihn hier im Hause zu uns nehmen.

Unterhalte den Major, falls er hereinkommt, bevor ich zurückbin, und sei vor allem heiter.«

Norah war abhängig vom Wohlwollen ihrer Tante in vielen kleinen Dingen, die das Leben lebenswert machten, und sie spürte ein Unbehagen, weil der russische Jüngling, den sie als willkommene Abwechslung vom Einerlei des Landlebens mitgebracht hatte, keinen guten Eindruck machte. Der junge Gentleman selbst war sich jedoch durchaus kleiner Mängel bewußt und platzte nun erschöpft und nicht ganz so herausgeputzt wie sonst, aber ausgesprochen strahlend, ins Zimmer.

»Raten Sie, was ich geschossen habe«, forderte er.

»Fasane, Ringeltauben, Kaninchen«, riskierte Norah.

»Nein; ein großes Tier; ich weiß nicht, wie es auf englisch heißt. Braun, mit etwas dunklem Schwanz.« Norah wechselte die Farbe.

»Lebt es auf Bäumen und frißt Nüsse?« fragte sie in der Hoffnung, das Adjektiv »groß« sei eine bloße Übertreibung.

Vladimir lachte.

»Ach nicht doch; kein *biyelka*.«

»Schwimmt es und lebt von Fischen?« fragte

Norah und betete inbrünstig, das Tier möge sich als ein Otter herausstellen.

»Nein«, sagte Vladimir, der an den Gurten seiner Jagdtasche herumfingerte; »es lebt im Wald und frißt Kaninchen und Hühner.«

Norah ließ sich auf einen Stuhl fallen und verbarg ihr Gesicht in den Händen.

»Gütiger Himmel!« jammerte sie; »er hat einen Fuchs geschossen!«

Vladimir sah bestürzt zu ihr auf. Sie versuchte ihm mit einem Schwall aufgeregter Worte das Entsetzliche der Lage zu erklären. Der Junge war verständnislos, aber zutiefst beunruhigt.

»Verstecken Sie's! Verstecken Sie's!« sagte Norah außer sich und zeigte auf die noch immer nicht geöffnete Tasche. »Gleich werden meine Tante und der Major hier hereinkommen. Werfen Sie sie da oben auf den Schrank; dort wird man sie nicht sehen können.«

Vladimir warf die Tasche und zielte nicht schlecht; doch im Flug verfing sich der Riemen an der ausladenden Spitze eines Geweihs an der Wand, und die Tasche blieb samt ihrer furchtbaren Last genau über dem Alkoven hängen, in dem in kurzem der Tee serviert werden würde. In diesem Augenblick betraten Mrs. Hoopington und der Major das Zimmer.

»Morgen wird der Major unser Jagdgehege durchstöbern«, verkündete die Lady mit einer gewissen gewichtigen Befriedigung. »Smithers ist zuversichtlich, daß wir ihm einiges werden bieten können; er schwört, daß er diese Woche schon dreimal einen Fuchs im Nußwäldchen gesehen hat.«

»Das will ich freilich hoffen; das will ich hoffen«, sagte der Major mürrisch. »Ich muß diese Serie erfolgloser Tage einfach durchbrechen. Wie oft hört man von einem Fuchs, der sich in gewissen Dickichten niedergelassen habe; und will man ihn dann aufspüren, findet man keine Spur. Ich bin davon überzeugt, daß genau an dem Tag, bevor wir den Wald von Lady Widden durchstöbert haben, dort ein Fuchs geschossen oder gefangen wurde.«

»Major, wenn jemand sich an dem Wild in meinem Wald vergriffe, dem würde kurzer Prozeß gemacht«, sagte Mrs. Hoopington.

Norah begab sich mechanisch an den Teetisch und ordnete mit fieberhaft geschäftigen Fingern die Petersilie um die Sandwich-Platte neu. Zu ihrer einen Seite dräute die grämliche Miene des Majors, zu ihrer anderen bemerkte sie Vladimirs verschreckten Blick. Und über all dem hing *das* da. Sie wagte ihren Blick nicht

über das Niveau des Teetischs zu heben, und sie war beinahe darauf gefaßt, einen Tropfen anklagenden Fuchsblutes herabfallen und das unschuldig weiße Tischtuch beflecken zu sehen. Das Gebaren ihrer Tante signalisierte ihr wiederholt die Botschaft, »heiter« zu sein; vorläufig hatte sie genug damit zu tun, daß ihre Zähne nicht klapperten.

»Was haben Sie denn heute geschossen?« fragte Mrs. Hoopington plötzlich den ungewöhnlich schweigsamen Vladimir.

»Nichts – nichts, was der Rede wert wäre«, sagte der Junge.

Norahs Herz, das eine Zeitlang stehengeblieben war, holte die verlorene Zeit mit einem ziemlich beunruhigenden Satz wieder auf.

»Ich wünschte, euch fiele etwas ein, was der Rede wert wäre«, sagte die Gastgeberin; »euch scheint es allen die Sprache verschlagen zu haben.«

»Wann hat Smithers diesen Fuchs das letztemal gesehen?« erkundigte sich der Major.

»Gestern früh; ein schöner Fuchsrüde mit dunkler Lunte«, teilte Mrs. Hoopington vertraulich mit.

»Aha, dann wollen wir dieser Lunte morgen

mal ordentlich nachgaloppieren«, sagte der Major mit einem flüchtigen Aufglimmen guter Laune. Und dann legte sich wieder düsteres Schweigen um den Teetisch, ein Schweigen, das allein von verzagtem Kauen und dem gelegentlichen hektischen Geklapper eines Teelöffels auf seiner Untertasse unterbrochen wurde. Endlich lieferte Mrs. Hoopingtons Foxterrier einen Beitrag zur Unterhaltung; er war auf einen freien Stuhl gesprungen, um die Leckerbissen auf dem Tisch besser überblicken zu können, und schnüffelte jetzt nach oben, wo offenbar etwas Interessanteres als kaltes Teegebäck zu finden war.

»Was hat er nur?« fragte sein Frauchen, als der Hund plötzlich, von furchtsamem Gewinsel untermalt, abgehackt und wütend zu bellen anhob.

»Ach«, fuhr sie fort, »Ihre Jagdtasche, Vladimir! Ja was haben Sie denn da drin?«

»Bei Gott«, sagte der Major, der sich jetzt erhoben hatte. »Da haben wir ja eine ziemlich warme Fährte!«

Und dann fuhr ihm und Mrs. Hoopington gleichzeitig eine Idee durch den Kopf. Ihre Gesichter färbten sich in unterschiedliche, aber harmonische Purpurtöne, und dann schrien sie unisono mit anklagender Stimme: »Sie haben den Fuchs geschossen!«

Norah mühte sich hastig, Vladimirs Missetat vor ihren Augen zu bemänteln, doch darf man bezweifeln, daß sie ihr zuhörten. Der Zorn des Majors kleidete sich rasend schnell in immer neue Worte, gleich einer Frau, die an ihrem Einen Einkaufstag in der Stadt eine Reihe von Kleidern anprobiert. Er schmähte und lästerte das Schicksal und überhaupt Alles; er erging sich in heftigem, tiefem Selbstmitleid, das zu bitter für Tränen war; er verfluchte Jeden, mit dem er jemals Bekanntschaft geschlossen, um nichts als endlose und abnorme Schindereien zu erleben. Er vermittelte ganz den Eindruck, daß ein Würg-Engel, wenn man ihm einen für eine Woche ausgeliehen hätte, nur sehr wenig Zeit für Privatstudien gehabt haben würde. In den Ruhepausen seines Geschreis konnte man das jämmerliche Rezitativ Mrs. Hoopingtons und das schrille Staccato-Gebell des Foxterriers hören. Vladimir, der nicht ein Zehntel von dem verstand, was da verhandelt wurde, saß da, spielte mit einer Zigarette und wiederholte von Zeit zu Zeit flüsternd ein saftiges englisches Adjektiv, das er vor langem liebevoll in sein Vokabular aufgenommen hatte. Seine Gedanken schweiften zu jenem Jüngling in der alten russischen Volkssage zurück, der einen verzauberten Vogel abgeschossen hatte, und zwar mit dramatischen Folgen. Unterdessen hatte der Major, der wie ein gefangener Wirbelsturm im Zimmer umherfegte, den Telephonapparat entdeckt und sich gierig daraufgestürzt; unverzüglich rief er den Jagdsekretär an und verkündete ihm den Verzicht auf sein Oberamt. Inzwischen hatte ein Knecht sein Pferd vor die Tür gebracht, und binnen wenigen Sekunden hatte Mrs. Hoopingtons schrilles Gezeter das Feld für sich allein. Freilich verfehlten ihre schönsten Bemühungen um stimmliche Intensität nach der Aufführung des Majors ihre volle Wirkung; es war, als sei man aus einer Wagner-Oper geradewegs in ein ziemlich zahmes Gewitter geraten. Vermutlich in der Erkenntnis, daß ihre Tiraden eher einer Antiklimax glichen, brach Mrs. Hoopington plötzlich recht unfreiwillig in Tränen aus, marschierte aus dem Zimmer und hinterließ eine Stille, die fast so furchtbar war wie der Tumult, der ihr vorausgegangen war.

»Was soll ich nun *damit* – machen?« fragte Vladimir schließlich.

»Vergraben«, sagte Norah.

»Ganz schlichtes Begräbnis?« fragte Vladimir ziemlich erleichtert. Fast hatte er erwartet, man werde auf der Anwesenheit irgendeines Geistlichen bestehen oder es könnten über dem Grab Salutschüsse abgefeuert werden.

Und so geschah es dann, daß ein russischer Jüngling, für alle Fälle ein paar Gebete seiner Kirche murmelnd, im Dämmerlicht eines Novemberabends unter den Fliederbüschen zu Hoopington ein zwar hastiges, aber einwandfreies Begräbnis für einen großen Iltis inszenierte.

Der Stratege

MRS. JALLATTS PARTYS FÜR JUNGE LEUTE waren strengstens exklusiv; die kamen dann billiger, weil man nicht so viele einzuladen brauchte. Mrs. Jallatt strebte zwar nicht nach Billigkeit, aber irgendwie gelangte sie meistens dazu.

»Es werden etwa zehn Mädchen kommen«, überlegte Rollo auf der Fahrt zu der Festivität, »und schätzungsweise vier Jungen, falls die Wrotsleys nicht ihren Vetter mitbringen, was der Himmel verhindern möge. Das hieße dann: Jack und ich gegen drei von denen.«

Zwischen Rollo und den Wrotsley-Brüdern hatte fast seit Säuglingszeiten eine Fehde bestanden. Sie begegneten sich nur ab und zu in den Ferien, und solche Begegnungen endeten gewöhnlich tragisch für den, der gerade den zahlenmäßig kleineren Beistand hatte. Rollo zählte heute abend auf die Anwesenheit eines ergebenen und muskulösen Parteigängers, der ein Gleichgewicht der Kräfte herstellen würde. Bei seinem Eintreffen hörte er die Schwester seines erhofften Mitkämpen die unumgängliche Abwesenheit ihres Bruders bei der Gastgeberin entschuldigen; und im nächsten Augenblick stellte er fest, daß die Wrotsleys ihren Vetter tatsächlich mitgebracht hatten.

Zwei gegen drei wäre aufregend und vielleicht unangenehm geworden; einer gegen drei verhieß etwa so amüsant zu werden wie ein Besuch beim Zahnarzt. Rollo bestellte seinen Wagen für den frühesten Zeitpunkt, den der Anstand erlaubte, und stellte sich der Gesellschaft mit einem Lächeln, das, wie er sich einbildete, ein gehobenerer Aristokrat beim Besteigen der Guillotine aufgesetzt haben würde.

»Wie schön, daß du kommen konntest«, sagte der ältere Wrotsley herzlich.

»Na, ihr Kinder werdet wohl spielen wollen«, sagte Mrs. Jallatt, um die Dinge ins Rollen zu bringen; und da alle zu wohlerzogen waren, um ihr zu widersprechen, blieb nur noch die Frage, was sie nun spielen sollten.

»Ich kenne ein gutes Spiel«, sagte der ältere Wrotsley unschuldig. »Die Jungen gehen aus dem Zimmer und denken sich ein Wort aus; dann kommen sie wieder, und die Mädchen müssen das Wort erraten.«

Rollo kannte dieses Spiel. Er hätte es selbst vorgeschlagen, wenn seine Partei in der Mehrheit gewesen wäre.

»Das verspricht nicht sehr aufregend zu werden«, schniefte die überlegene Dolores Sneep, als die Knaben aus dem Raum marschierten. Rollo dachte ganz anders. Er vertraute auf die Vorsehung, daß den Wrotsleys nichts Schlimmeres als geknotete Taschentücher zur Verfügung stehen würde.

Die Wortsucher schlossen sich in der Bibliothek ein, um ihre Beratungen vor Störung zu sichern. Die Vorsehung erwies sich als nicht einmal annähernd neutral; auf einem Regal an der Wand der Bibliothek lagen eine Hundepeitsche und eine Reitgerte aus Fischbein. Rollo hielt es für eine sträfliche Nachlässigkeit, derartige Präzisionswaffen einfach herumliegen zu lassen. Er hatte die Wahl zwischen den zwei Übeln und entschied sich für die Hundepeitsche; die nächsten Minuten verbrachte er mit der Frage, wie er nur eine so törichte Entscheidung habe treffen können. Darauf begaben sie sich zu den salopp erwartungsvollen Damen zurück.

»Das Wort heißt ›Kamel‹«, verkündete der Wrotsley-Vetter tölpelhaft.

»Du Blödmann!« kreischten die Mädchen, »wir sollten das Wort doch raten. Jetzt müßt ihr noch mal gehen und euch ein anderes ausdenken.«

»Bloß das nicht«, sagte Rollo; »ich meine, das mit dem Kamel stimmt eigentlich gar nicht; war nur ein Scherz. Wir nehmen einfach Dromedar!« flüsterte er den anderen zu.

»Ich hab gehört, wie sie Dromedar gesagt haben! Ich hab's gehört! Ist mir egal, was ihr sagt: ich hab's gehört!« quiekte die widerwärtige Dolores. »Mit so langen Ohren wie ihren hört man natürlich alles«, dachte Rollo wütend.

»Da werden wir uns wohl oder übel nochmal zurückziehen müssen«, sagte der ältere Wrotsley ergeben.

Das Konklave schloß sich ein zweitesmal in der Bibliothek ein. »Hört mal, das mit der Hundepeitsche lasse ich mir nicht noch mal gefallen«, protestierte Rollo.

»Gewiß doch, mein Lieber«, sagte der ältere Wrotsley; »diesmal versuchen wir's mit der Fischbeingerte; dann weißt du, was mehr weh tut. Derlei findet man nur durch persönliche Erfahrung heraus.«

Schnell wurde Rollo klar, daß seine frühere Wahl der Hundepeitsche eigentlich sinnvoll gewesen war. Das Konklave gab seiner Unterlippe Zeit, sich zu festigen, während es über das benötigte Wort debattierte. »Mustang« war nicht gut, da die Hälfte der Mädchen seine Bedeutung nicht kennen würde; schließlich einigte man sich auf »Quagga«.

»Ihr müßt euch hier drüben hinsetzen«, befahl der Untersuchungsausschuß im Chor; aber Rollo beharrte unbeugsam darauf, daß der jeweils Befragte zu stehen habe. Im großen und ganzen war er erleichtert, als das Spiel endete und zum Essen gerufen wurde.

Mrs. Jallatt hielt ihre Gäste nicht knapp, doch wurden die kostspieligeren Delikatessen nicht ohne Not doppelt aufgelegt, und gewöhnlich tat man gut daran, sich das Gewünschte auf den Teller zu legen, solange es noch vorhanden war. Diesmal hatte sie für vierzehn Kinder sechzehn Pfirsiche »zum Herumreichen« bereitgestellt; es war nun wirklich nicht ihre Schuld, daß sich die zwei Wrotsleys und ihr Vetter, mit Blick auf die lange, essenslose Heimfahrt, still und heimlich je einen zweiten Pfirsich in die Tasche gesteckt hatten; doch entstand eine ausgesprochen peinliche Stimmung, als sich Dolores und die fette und gutmütige Agnes Blaik schließlich in einen einzigen Pfirsich zu teilen hatten.

»Am besten halbieren wir ihn«, sagte Dolores säuerlich.

Doch Agnes war zunächst einmal fett und dann erst gutmütig; dies waren ihre Leitprinzipien. Ihr Mitgefühl für Dolores war überschwenglich, aber den Pfirsich verschlang sie eilig, da ihn das Zerschneiden verderben würde; der ganze Saft würde dabei auslaufen.

»Und was möchtet ihr jetzt gerne tun?« heischte Mrs. Jallat zur Ablenkung. »Der richtige Zauberer, den ich engagiert hatte, hat im letzten Moment abgesagt. Kann jemand von euch Gedichte vortragen?«

Allgemeine Panikstimmung verbreitete sich. Dolores war dafür bekannt, beim geringsten Anlaß »Locksley Hall« aufzusagen. Es war schon vorgekommen, daß ihre Eröffnungszeile »Genossen, laßt mich eine Weile hier« von großen Teilen ihrer Zuhörer buchstäblich aufgefaßt worden war. Es herrschte ein erleichtertes Aufstöhnen, als Rollo sich hastig zu ein paar Zaubertricks imstande erklärte. In seinem ganzen Leben hatte er noch keinen einzigen vorgeführt, aber jene beiden Besuche in der

Bibliothek hatten ihn zu ungewöhnlicher Waghalsigkeit angestachelt.

»Ihr kennt doch diese Zauberer, die Münzen und Karten aus den Leuten herausholen«, fing er an; »nun, ich werde viel interessantere Sachen aus euch herausholen. Mäuse zum Beispiel.«

»Ja keine Mäuse!«

Aus der Mehrheit seines Publikums erhob sich, wie vorhergesehen, schriller Protest.

»Na, dann eben Obst.«

Der verbesserte Vorschlag wurde mit Beifall aufgenommen. Agnes strahlte geradezu.

Ohne weitere Umstände ging Rollo auf das Trio seiner Feinde zu, fuhr ihnen mit einer Hand nacheinander in die Brusttaschen und zauberte drei Pfirsiche hervor. Es gab zwar keinen Applaus, aber auch noch so viel Händeklatschen hätten dem Künstler nicht solches Vergnügen bereitet wie das Schweigen, mit dem sein Coup aufgenommen wurde.

»Wir waren natürlich eingeweiht«, sagte der Wrotsley-Vetter lahm.

»Das hätten wir«, kicherte Rollo in sich hinein.

»Wenn sie wirklich eingeweiht gewesen wären, hätten sie geschworen, daß sie nichts davon wüßten«, sagte Dolores mit durchdringendem Scharfsinn.

»Kannst du noch mehr Kunststücke?« fragte Mrs. Jallatt hastig.

Rollo kannte keine mehr. Er gab zu verstehen, er hätte die drei Pfirsiche noch in etwas anderes verwandeln können, da Agnes aber einen davon bereits in Mädchenfutter verwandelt hatte, lasse sich in dieser Richtung nichts mehr unternehmen.

»Ich kenne ein Spiel«, sagte der ältere Wrotsley schwerfällig, »wo die Jungen aus dem Zimmer gehen und sich eine historische Persönlichkeit ausdenken; dann kommen sie zurück und stellen sie dar, und die Mädchen müssen raten, wer gemeint ist.«

»Ich fürchte, ich muß jetzt auf den Heimweg«, sagte Rollo zu seiner Gastgeberin.

»Deine Droschke wird frühestens in zwanzig Minuten hier sein«, sagte Mrs. Jallatt.

»Der Abend ist so schön; da werde ich ihr eben ein Stück entgegengehen.«

»Im Augenblick regnet es ziemlich stark. Die Zeit reicht gerade noch für dieses historische Spiel.«

»Wir haben noch kein Gedicht von Dolores gehört«, sagte Rollo verzweifelt; kaum war das ausgesprochen, erkannte er seinen Fehler. Angesichts der Alternative »Locksley Hall« entschied sich die öffentliche Meinung einstimmig für das historische Spiel.

Rollo spielte seine letzte Karte. Mit gedämpfter Stimme, die sich scheinbar an den einen Wrotsley richtete, aber sorgfältig auf Agnes gezielt war, bemerkte er:

»Gut, Alter; gehn wir den Rest Schokolade vertilgen, den wir in der Bibliothek noch übriggelassen haben.«

»Ich fände es nur fair, wenn jetzt mal die Mädchen an die Reihe kämen«, rief Agnes energisch. Für Fairness hatte sie viel übrig.

»Unsinn«, sagten die anderen; »wir sind doch viel zu viele.«

»Dann gehen eben nur vier von uns. Ich geh schon mal vor.«

Und Agnes entstürzte in Richtung Bibliothek, gefolgt von drei Mädchen minderen Eifers.

Rollo sank auf einen Stuhl und bedachte die Wrotsleys mit einem matten Lächeln, nur einem kurzen Blecken der Zähne; ein Otter, der sich vor den Fängen der Hunde in einen tiefen Teich rettete, könnte seine Gefühle ähnlich zum Ausdruck gebracht haben.

Aus der Bibliothek drang das Geräusch von hin- und hergerückten Möbeln. Agnes ließ bei ihrer Suche nach der sagenhaften Schokolade nichts an seinem Platz. Und dann kam das verheißungsvolle Geräusch von Rädern, die nassen Kies zermalmten.

»Das war ein höchst vergnüglicher Abend«, sagte Rollo zu seiner Gastgeberin.

Gegenströme

VANESSA PENNINGTON HATTE EINEN
Mann, der war arm, mit wenigen mildernden
Umständen, und einen Anbeter, der war zwar
angenehm reich, aber mit einem Ehrgefühl belastet. Sein Reichtum hieß ihn in Vanessas
Augen willkommen, doch sein Ehrencodex
nötigte ihn fortzugehen und sie zu vergessen
oder bestenfalls in den Pausen zwischen mannigfaltigen anderen Betätigungen an sie zu denken.
Und obwohl Alaric Clyde Vanessa liebte und
sie ewiglich zu lieben glaubte, ließ er sich nach
und nach und ganz unbewußt von einer noch
verlockenderen Versuchung umwerben und einnehmen; er bildete sich zwar ein, seine standhafte Vermeidung der von Menschen heimgesuchten Regionen sei ein selbstauferlegtes
Exil, doch sein Herz war dem Zauber der Wildnis verfallen, und die Wildnis war ihm freund-

lich und wunderbar zugetan. Wer jung und stark und ungebunden ist, den kann die weite wilde Welt sehr freundlich und wunderbar ankommen. Man sehe nur die Legionen der einstmals jungen und ungebundenen Männer, die jetzt unter Mülleimern verkümmern, da sie, die einstmals die Wildnis gekannt und geliebt, ihrer Knechtschaft entronnen und auf gebahnte Pfade ausgewichen sind.

In den hochgelegenen wüsten Gegenden dieser Welt wanderte und jagte und träumte Clyde, todbringend und graziös wie ein hellenischer Gott, zog mit seinen Pferden und Knechten und dem vierfüßigen Troß von einer Bleibe zur anderen, ein willkommener Gast bei urtümlichen Eingeborenen und Nomaden, Freund und Schlächter der flinken, scheuen Tiere um ihn herum. An den Ufern nebliger Hochlandseen brachte er Wildvögel zur Strecke, die die halbe Alte Welt bis zu ihm durchflogen hatten; jenseits von Bokhara sah er den arischen Reitern bei ihren Kapriolen zu; sah auch in einem trüb erhellten Zelt-Teehaus einen jener schönen, ungeschlachten Tänze, die einem nie mehr ganz aus dem Sinn gehen; oder, nach einem langen Abstecher ins Tal des Tigris, schwamm und wälzte er sich in dessen schneegekühlten, reißenden Wassern. Unterdessen stellte Vanessa in einer Abzweigung von Bayswater ihre wöchentliche Wäscheliste zusammen, ging Ausverkäufen nach und wagte sich in ihren abenteuerlicheren Momenten an neue Zubereitungsarten von Weißfisch. Gelegentlich besuchte sie Bridge-Partys, auf denen, wenn schon das Spiel nicht große Abwechslungen bot, wenigstens eine ganze Menge über das Privatleben einiger der königlichen oder kaiserlichen Herrscherhäuser zu vernehmen war. In gewisser Hinsicht war Vanessa froh, daß Clyde das Richtige getan hatte. Sie besaß einen kräftigen natürlichen Hang zur Ehrbarkeit, obwohl sie diese Ehrbarkeit in eleganterer Umgebung vorgezogen hätte, wo ihr Vorbild auch besser zur Geltung gekommen wäre. Über jeglichen Tadel erhaben zu sein, war gut und recht, aber noch schöner hätte es sich ausgenommen, näher am Park ansässig zu sein.

Und dann, urplötzlich, wurden ihre Hochschätzung der Ehrbarkeit und Clydes Sinn für das Rechte auf den Abfallhaufen der nicht mehr notwendigen Dinge geworfen. Zu ihrer Zeit waren diese brauchbar und höchst bedeutsam gewesen, aber das Hinscheiden von Vanessas Gatten nahm ihnen jeden gegenwärtigen Sinn.

Die Nachricht vom neuen Stand der Dinge folgte Clyde mit gemächlicher Zielstrebigkeit von einer Reisestation zur nächsten, und irgendwo in der Steppe von Orenburg holte sie ihn schließlich ein. Es wäre ihm außerordentlich schwer gefallen, seine Empfindungen bei der Aufnahme der Botschaft zu untersuchen. Die Parzen hatten ihm unerwartet (und vielleicht eine Spur zu dienststeifrig) ein Hindernis aus dem Weg geräumt. Er wußte sich von Freude überwältigt, vermißte aber jenes Gefühl gehobener Stimmung wie vor vier Monaten, als er nach einem Tag vergeblicher Pirsch mit einem Glücksschuß einen Schneeleoparden erlegt hatte. Natürlich würde er umkehren und um Vanessas Hand anhalten, doch beschloß er, sich etwas auszubedingen: um keinen Preis würde er seine jüngere Leidenschaft aufgeben. Vanessa würde einwilligen müssen, mit ihm in die Wildnis hinauszuziehen.

Die Lady begrüßte die Rückkehr ihres Liebhabers mit noch größerer Erleichterung als ehemals seinen Weggang. John Penningtons Tod hatte seine Witwe in Verhältnissen zurückgelassen, die beschränkter waren als je zuvor, und der Park tauchte nicht einmal mehr auf ihrem Briefpapier auf, wo er getreu dem Grundsatz, daß uns Adressen zur Verheimlichung unseres Wohnorts gegeben sind, lange als Ehrentitel hatte herhalten müssen. Freilich war sie jetzt unabhängiger als vordem, doch war Unabhängigkeit, die vielen Frauen so viel bedeutet, für Vanessa, die der Kategorie des rein Weiblichen angehörte, von wenig Belang.

Clydes Bedingungen nahm sie ohne Beschwerde an und erklärte sich bereit, ihm bis ans Ende der Welt zu folgen; da die Welt rund war, gab sie sich der beruhigenden Vorstellung hin, daß man sich nach dem üblichen Lauf der Dinge früher oder später doch in der Nachbarschaft von Hyde Park Corner wieder einfinden würde, ganz gleich in welche Fernen man sich hinausgewagt hatte.

Östlich von Budapest begann ihre Beruhigung abzubröckeln, und als sie ihren Gemahl dem Schwarzen Meer mit einer Vertraulichkeit gegenübertreten sah, die sie selber nie auch nur für den Englischen Kanal aufgebracht hätte, bedrängten sie die ersten bösen Ahnungen. Abenteuer, die sich einer Frau aus besserem Holz als amüsant und verlockend dargestellt hätten, erweckten in Vanessa nur das Zwiegefühl von Angst und Unbehagen. Moskitos malträtierten ihre Haut, und sie ließ es sich nicht ausreden,

daß einzig gelangweilte Trägheit die Kamele davon abhielt, desgleichen zu tun. Clyde gab sein Bestes – und es war ein sehr gutes Bestes –, in ihre ausgedehnten Wüstenpicknicks etwas von Festmahlstimmung einfließen zu lassen, aber selbst der schneegekühlte Heidsieck büßte seinen Geschmack ein, wenn man argwöhnte, daß der dunkelhäutige Mundschenk, der ihn mit so demütiger Eleganz servierte, nur auf eine passende Gelegenheit wartete, einem die Kehle zu durchschneiden. Clyde mühte sich vergebens, Yussuf mit einem treu ergebenen Charakter auszustatten, wie er schon bei westlichen Dienstboten kaum anzutreffen war. Vanessa war gebildet genug, um zu wissen, daß alle Dunkelhäutigen ihren Mitmenschen so unbekümmert das Leben nehmen wie die Leute von Bayswater Gesangstunden.

Und zu ihrer wachsenden Gereiztheit und Quengeligkeit trat als weitere Entzauberung die Unfähigkeit des Ehepaars, gemeinsame Interessen auszumachen. Das Verhalten und die Wanderungen des Tüpfelsumpfhuhns, Sitten und Bräuche der Tataren und Turkmenen, die Charaktereigenschaften eines Kosakenponys – derlei rief bei Vanessa nur eine öde Gleichgültigkeit hervor. Clyde andererseits erschauerte nicht bei der Nachricht, daß die Königin von Spanien Malvenfarbe verabscheue oder daß eine gewisse Königliche Herzogin, auf deren Geschmack er sich kaum jemals würde einstellen müssen, eine heftige, aber vollkommen ehrbare Leidenschaft für Rindsrouladen hegte.

Allmählich kam Vanessa zur Einsicht, daß ein Ehemann, der eine Neigung zum Vagabundentum mit einem gesicherten Einkommen verbindet, kein ungetrübtes Vergnügen war. Bis ans Ende der Welt zu gehen war eine Sache, eine ganz andere aber, sich dort häuslich einzurichten. Selbst die Ehrbarkeit schien einiges von ihrem Vorzug zu verlieren, wenn sie in einem abgelegenen Zelt auszuüben war.

Gelangweilt und ernüchtert vom Gang ihres neuen Lebens, war Vanessa unverhohlen froh, als sich ihr eine Zerstreuung in der Gestalt von Mr. Dobrinton anbot, einem zufälligen Bekannten, auf den das Paar zum ersten Mal im primitiven Gasthaus eines gottverlassenen Ortes im Kaukasus gestoßen war. Dobrinton war aufwendig britisch, vielleicht in gebührendem Andenken an seine Mutter, unter deren Vorfahren sich dem Vernehmen nach eine englische Gouvernante befand, die gegen Ende des vorigen Jahrhunderts nach Lemberg verschlagen worden war. Unachtsamerweise einmal mit Dobrinski angesprochen, hätte er vermutlich prompt auf den Namen reagiert; zweifellos in der Annahme, daß der Zweck die Mittel krönt, hatte er freizügig in den Geschlechtsnamen der Familie eingegriffen. Rein äußerlich war Mr. Dobrinton kein sonderlich attraktives Exemplar der männlichen Gattung, doch stellte er in Vanessas Augen ein Bindeglied zu jener Zivilisation dar, die Clyde so leichthin zu mißachten und aufzugeben schien. Er konnte »Yip-I-Addy« singen und sprach von etlichen Herzoginnen, als wären sie ihm persönlich bekannt – in seinen beseelteren Phasen geradezu so, als ob er ihnen bekannt wäre. Er verwies auch auf Mängel in Küche und Keller einiger der erlauchteren Restaurants von London; eine Art Höherer Kritik, der Vanessa in ehrfurchtsvoller Bewunderung ihr Ohr lieh. Vor allen Dingen bezeigte er, anfangs noch diskret, später dann ausholender, Teilnahme für ihre nagende Unzufriedenheit mit Clydes nomadischen Instinkten. Geschäfte in Ölquellen hatten Dobrinton in die Umgebung von Baku geführt; sein Gefallen an dem verständnisinnigen weiblichen Publikum veranlaßte ihn, die Rückreise über weite Strecken mit der Marschroute seiner neuen Bekannten in Einklang zu bringen. Und während Clyde mit persischen Pferdehändlern feilschte oder graue Wildschweine in ihren Schlupfwinkeln anpirschte und seine Notizen über die zentralasiatischen Wildvögel erweiterte, vertieften sich Dobrinton und die Lady in die Ethik der Ehrbarkeit auf freier Wildbahn von Standpunkten aus, die täglich näher aufeinander zu neigten. Und eines Abends speiste Clyde alleine und las zwischen den einzelnen Gängen einen ausführlichen Brief Vanessas, in dem sie ihren Aufbruch in zivilisiertere Länder mit einem ihr besser angemessenen Gefährten rechtfertigte.

Es war ausgesprochen Pech für Vanessa, deren Ehrbarkeit vom Grund ihres Herzens ausging, daß sie und ihr Geliebter gleich am ersten Tag ihrer gemeinsamen Flucht in die Hände kurdischer Briganten fielen. In enger Gemeinschaft mit einem Mann, der ihr Gatte lediglich durch Adoption geworden war, in einem elenden kurdischen Dorf eingepfercht zu sein und die Aufmerksamkeit von ganz Europa auf seine Affäre gelenkt zu sehen, war das wohl am wenigsten Ehrbare, was einem zustoßen konnte. Dazu machten internationale Verwicklungen das Ganze noch schlimmer. »Englische Lady und ihr Mann, fremder Nationalität, unter Lösegeldforderungen festgehalten« hatte der Bericht des nächstgelegenen Konsuls gelautet. Obwohl Dobrinton im Herzen Brite war, gehörten andere Teile seiner Person dem Hause Habsburg an, und wenn die Habsburger auch nicht allzu viel Stolz und Genugtuung auf diesen besonderen Zweig ihrer ausgedehnten und mannigfaltigen Besitztümer empfanden und ihn sicherlich jederzeit gern gegen irgendein sehenswertes Federvieh oder Säugetier für den Park von Schönbrunn eingetauscht hätten, verlangte der international gebotene Anstand von ihnen doch den Anschein einer schicklichen Besorgnis für seine Rückgabe. Und während die Außenministerien der beiden Staaten die handelsüblichen Schritte unternahmen, um die Freisetzung ihrer Untertanen in die Wege zu leiten, trat eine weitere entsetzliche Komplikation ein. Als Clyde der Spur der Flüchtlinge gefolgt war, nicht unbedingt aus einem Verlangen, sie zur Rechenschaft zu ziehen, sondern eher aus dem dumpfen Gefühl heraus, daß dies von ihm erwartet werde, geriet er ebenfalls in die Gewalt jener Brigantenschar. Während die Diplomatie für eine Lady in

Bedrängnis ihr Bestes zu geben bereit war, begann sie sich bei dieser Ausweitung ihrer Aufgabe merklich störrischer zu stellen; viel zu reden gab die Bemerkung eines leichtfertigen jungen Gentleman in Downing Street: »Einen Ehemann von Mrs. Dobrinton werden wir gern herausholen, aber man müßte erst einmal wissen, wieviele es davon gibt.« Für eine Frau, die so viel Wert auf Ehrbarkeit legte, hatte Vanessa in der Tat reichlich Pech.

Unterdessen war die Lage der Gefangenen nicht frei von Peinlichkeiten. Als Clyde den kurdischen Anführern die Natur seiner Beziehungen zu dem entlaufenen Paar auseinandersetzte, waren sie zwar voll Mitgefühl, erhoben aber Einspruch gegen jeden Plan summarischer Vergeltung, da die Habsburger mit Sicherheit auf Dobrintons Rückgabe in einigermaßen unversehrtem Zustand bestehen würden. Gegen eine halbstündige Tracht Prügel für seinen Nebenbuhler, jeweils Montag und Donnerstag verabreicht, hätten sie nichts vorzubringen gehabt, aber da Dobrinton, als er von der Abmachung hörte, so erbärmlich grün anlief, sahen die Häuptlinge notgedrungen von ihrer Einwilligung wieder ab.

Und so krochen denn dem unausgeglichenen

Trio in der bedrängten Enge einer Berghütte die unerträglichen Stunden langsam vorbei. Dobrinton war zu eingeschüchtert, um Gespräche zu führen, Vanessa zu gedemütigt, um den Mund aufzumachen, und Clyde schwieg aus Verstimmung. Einmal raffte sich der kleine Lemberger *négociant* dazu auf, mit zitternder Stimme »Yip-I-Addy« vorzutragen, doch als er zur Zeile kam: »Nie war die Heimstatt schöner«, bat ihn Vanessa unter Tränen, davon abzulassen. Das Schweigen heftete sich immer bedrückender an die drei so tragisch vereinten Gefangenen; dreimal täglich rückten sie einander näher, um das Mahl hinunterzuschlucken, das man ihnen zubereitet hatte, Wüstentieren gleich, die sich in stummer, zeitweise aufgehobener Feindschaft am Wasserloch zusammenfinden; danach zogen sie sich jeweils wieder zu den Vigilien des Wartens zurück.

Clyde wurde weniger sorgfältig bewacht als die beiden anderen. Die Eifersucht würde ihn schon nicht von der Seite seiner Frau weichen lassen, dachten seine kurdischen Bewacher, die nicht wissen konnten, daß seine wildere, wahre Liebe mit hundert Stimmen von jenseits der Dorfgrenzen nach ihm rief. Und als er eines Abends merkte, daß ihm nicht die Aufmerksamkeit zuteil wurde, auf die er Anspruch hatte, suchte Clyde, den Berg hinunter, das Weite, um seine Studien der zentralasiatischen Wildvögel von neuem aufzunehmen. Die zurückgebliebenen Gefangenen wurden von da an mit um so größerer Strenge beaufsichtigt; Dobrinton freilich hatte für Clydes Abgang wenig Bedauern übrig.

Schließlich aber erwirkte der lange Arm, oder vielleicht treffender der lange Geldbeutel der Diplomatie, die Freilassung der Gefangenen, doch sollten die Habsburger des Lohns für ihre Auslagen nicht froh werden. Am Kai des kleinen Schwarz-Meer-Hafens, wo das ausgelöste Paar mit der Zivilisation in Berührung kam, wurde Dobrinton von einem, wie man mutmaßte, tollwütigen Hund gebissen, dem aber wahrscheinlich nur einige Urteilskraft abging.

Das Opfer wartete die Symptome gar nicht erst ab, sondern starb auf der Stelle vor Schreck, und Vanessa trat die Heimreise allein in dem vagen Bewußtsein einer halbwegs wiederhergestellten Ehrbarkeit an. Clyde fand zwischen den Korrekturen seines Buches über die Wildvögel Zentralasiens doch noch die Zeit, bei den Gerichten seine Scheidung zu betreiben, und begab sich dann so bald wie möglich in die für ihn angebrachte Einsamkeit der Wüste Gobi, um Material für ein Werk über die Fauna der Region zu sammeln. Vanessa erhielt, womöglich dank ihrer früheren Vertrautheit mit den kulinarischen Möglichkeiten des Weißfischs, eine Stelle in der Küche eines Clubs im West End. Nicht eben eine glänzende Position, aber immerhin nicht weiter als zwei Minuten vom Park entfernt.

Das Bäckerdutzend

Personen:
Major Richard Dumbarton
Mrs. Carewe
Mrs. Paly-Paget

Szene – Deck eines nach Osten fahrenden Dampfers. Major Dumbarton im Liegestuhl, neben ihm ein weiterer Liegestuhl, auf dem der Name »Mrs. Carewe« steht; daneben ein dritter. (Von rechts Mrs. Carewe, macht es sich auf ihrem Liegestuhl bequem; der Major stellt sich, als nehme er ihre Anwesenheit nicht wahr.)

MAJOR (dreht sich plötzlich um): Emily! Nach all den Jahren! Das nenne ich Fügung!
EM.: Fügung! Von wegen; das war bloß ich. Ihr Männer seid immer so fatalistisch. Ich habe meine Abreise um volle drei Wochen verscho-

ben, nur um auf dasselbe Schiff zu kommen, mit dem, wie ich sah, Sie reisen wollten. Ich habe den Steward bestochen, daß er unsere Stühle in einem einsamen Winkel nebeneinander stellt, und ich habe mich enormen Qualen unterzogen, um heute früh besonders attraktiv auszusehen; und dann sagen Sie: »Das nenne ich Fügung.« Ich sehe doch besonders attraktiv aus, oder?

MAJ.: Mehr denn je. Die Zeit hat Ihren Reizen nur die Reife hinzugefügt.

EM.: Ich wußte, daß Sie genau diese Worte verwenden würden. Die Phraseologie des Liebeswerbens ist doch arg begrenzt. Wie auch immer, der Hauptreiz liegt darin, daß man überhaupt umworben wird. Sie umwerben mich doch, ja?

MAJ.: Emily, Teuerste, noch bevor Sie sich hier niederließen, hatte ich bereits die ersten Schritte unternommen. Auch ich habe den Steward bestochen, daß er unsere Stühle in einem abgeschiedenen Winkel nebeneinander stelle. »Betrachten Sie das als erledigt, Sir«, war seine Antwort. Das war unmittelbar nach dem Frühstück.

EM.: Wie das einem Mann ähnlich sieht: erst noch zu frühstücken! Ich habe mich der Sache mit den Stühlen gleich nach dem Verlassen meiner Kabine gewidmet.

MAJ.: Seien Sie nicht unvernünftig. Erst beim Frühstück bin ich ja Ihrer gesegneten Anwesenheit auf diesem Schiff gewahr geworden. Während der ganzen Mahlzeit habe ich mit ungewohnter Heftigkeit einen Backfisch umworben, nur um Sie eifersüchtig zu machen. In eben diesem Augenblick wird sie in ihrer Kabine sitzen und ganze Bände über mich an eine Backfisch-Kollegin schreiben.

EM.: All dieser Mühe um meine Eifersucht hätten Sie sich nicht zu unterziehen brauchen, Dickie. Das ist Ihnen schon vor Jahren gelungen, als Sie eine andere Frau heirateten.

MAJ.: Na, und Sie hatten einen anderen Mann geheiratet – einen Witwer obendrein.

EM.: Also daran ist nichts sonderlich Schlimmes, einen Witwer zu heiraten, möchte ich meinen. Ich bin bereit, es wieder zu tun, falls mir ein wirklich netter über den Weg läuft.

MAJ.: Hören Sie, Emily, es ist nicht fair, in diesem Tempo vorzupreschen. Ständig sind Sie mir eine Runde voraus. Mir obliegt es, um Sie anzuhalten; Sie brauchen nur »Ja« zu sagen.

EM.: Nun, das habe ich doch praktisch bereits getan; darüber brauchen wir also keine Zeit mehr zu vertändeln.

MAJ.: Hm, ja —

(Sie sehen einander an und umarmen sich plötzlich mit einiger Heftigkeit.)

MAJ.: Diesmal sind wir ein totes Rennen gelaufen. (Indem er plötzlich aufspringt): Ach verd— das hatte ich ganz vergessen!

EM.: Was bitte?

MAJ.: Die Kinder. Ich hätte es Ihnen sagen sollen. Haben Sie etwas gegen Kinder?

EM.: Nicht in bescheidenen Mengen. Wie viele haben Sie denn?

MAJ.: (zählt hastig an seinen Fingern ab): Fünf.

EM.: Fünf!

MAJ. (besorgt): Sind das zu viele?

EM.: Es sind doch einige. Das schlimmste daran ist: ich habe selbst welche.

MAJ.: Viele?

EM.: Acht.

MAJ.: Acht in sechs Jahren! Ach, Emily!

EM.: Nur vier davon sind von mir. Die anderen vier stammten aus der ersten Ehe meines Mannes. Was freilich nichts an der Gesamtzahl von acht ändert.

MAJ.: Und acht plus fünf macht dreizehn.

Wir können unser Eheleben doch nicht mit dreizehn Kindern beginnen; das würde ungeheures Unglück bringen. (Geht aufgewühlt auf und ab.) Wir müssen einen Ausweg finden. Wenn wir sie nur auf zwölf herabdrücken könnten. Dreizehn – das bringt ganz entsetzliches Unglück.

EM.: Könnten wir uns nicht auf irgendeine Weise von einem oder zwei trennen? Wollen die Franzosen nicht mehr Kinder haben? Ich habe darüber manchen Artikel im *Figaro* gelesen.

MAJ.: Vermutlich wollen die aber französische Kinder. Meine können noch nicht einmal Französisch sprechen.

EM.: Es besteht immer die Möglichkeit, daß eins von ihnen sich als verderbt und lasterhaft herausstellt, und dann könnte man es verstoßen. So etwas soll schon vorgekommen sein.

MAJ.: Du liebe Zeit! Aber vorher muß man sie doch erst einmal erziehen. Sie können von einem Jungen nicht erwarten, daß er lasterhaft ist, ehe er eine gute Schule besucht hat.

EM.: Wieso sollte er nicht von Natur aus verderbt sein? Viele Jungen sind das.

MAJ.: Nur wenn sie es von verderbten Eltern geerbt haben. Sie glauben doch nicht etwa, ich besäße verderbte Anlagen?

EM.: Manchmal überspringt das ja eine Generation, müssen Sie wissen. Gab es denn in Ihrer Familie niemand Liederlichen?

MAJ.: Ich hatte eine Tante, von der nie gesprochen wurde.

EM.: Na also!

MAJ.: Aber darauf kann man nicht allzu fest bauen. In der mittelviktorianischen Zeit bezeichnete man alles mögliche als unaussprechlich, von dem wir Heutigen durchaus tolerant reden können. Diese spezielle Tante hatte wohl bloß einen Unitarier geheiratet oder im Herrensitz an Parforce-Jagden teilgenommen, oder etwas Ähnliches. Auf alle Fälle können wir nicht ewig darauf warten, daß eins der Kinder nach einer zweifelhaft verderbten Großtante schlägt. Wir müssen uns etwas anderes ausdenken.

EM.: Gibt es nicht Leute, die von anderen Familien Kinder adoptieren?

MAJ.: Mir ist dergleichen von kinderlosen Ehepaaren zu Ohren gekommen, und diese Sorte Leute —

EM.: Pst! Da kommt jemand. Wer ist das?

MAJ.: Mrs. Paly-Paget.

EM.: Genau die Richtige!

MAJ.: Was? um ein Kind zu adoptieren? Hat sie denn keine eigenen?

EM.: Nur ein einziges erbärmliches Küken.

MAJ.: Forschen wir sie über das Thema aus. (Mrs. Paly-Paget von rechts)

MAJ.: Ah, guten Morgen, Mrs. Paly-Paget. Eben beim Frühstück habe ich mich noch gefragt, wo wir uns das letztemal begegnet sind?

MRS. P.-P.: War's nicht im Criterion? (Läßt sich auf den freien Stuhl fallen.)

MAJ.: Ja sicher, im Criterion.

MRS. P.-P.: Ich habe mit Lord und Lady Slugford diniert. Reizende Leute, aber so gewöhnlich. Hinterher haben sie uns zum Velodrom mitgenommen, wo irgendeine Tänzerin Mendelssohns »Lieder ohne Kleider« interpretierte. Wir waren alle in eine kleine Loge dicht unterm Dach eingepfercht, und Sie können sich vorstellen, wie warm es da war. Wie im Türkischen Bad. Und sehen konnte man natürlich überhaupt nichts.

MAJ.: Dann war es nicht wie im Türkischen Bad.

MRS. P.-P.: Major!

EM.: Wir haben gerade von Ihnen gesprochen, als Sie kamen.

MRS. P.-P.: Ach! Hoffentlich nichts allzu Schreckliches.

EM.: Aber nicht doch, meine Liebe! Für dergleichen währt die Reise noch nicht lange genug. Wir gedachten Ihrer mit einigem Bedauern.

MRS. P.-P.: Mit Bedauern? Wieso bin ich zu bedauern?

MAJ.: Wegen Ihres kinderlosen Heims und so, wissen Sie. Da trappelt kein niedliches Füßchen.

MRS. P.-P.: Major! Was unterstehen Sie sich! Ich habe mein kleines Mädchen, wie Sie ja wohl wissen. Und seine Füße können genauso niedlich trappeln wie die anderer Kinder.

MAJ.: Aber nur Ein Paar Füße.

MRS. P.-P.: Allerdings. Mein Kind ist ja kein Tausendfüßer. In Anbetracht der Art und Weise, wie man uns in diesen gräßlichen Dschungel-Stationen hin und her schickt, ohne daß wir je ein anständiges Dach über den Kopf bekommen, möchte ich eher meinen, ich hätte ein Kind ohne Heim als ein Heim ohne Kind. Trotzdem vielen Dank für Ihr Mitgefühl. Es wird wohl gut gemeint gewesen sein, wie die Unverschämtheit es oft ist.

EM.: Meine liebe Mrs. Paly-Paget, wir haben

nur Ihr süßes kleines Mädchen bedauert, wenn es einmal älter wird, wissen Sie. Dann wird es keine Brüderchen und Schwesterchen zum Spielen haben.

MRS. P.-P.: Mrs. Carewe, ich empfinde diese Unterhaltung als taktlos, um das mindeste zu sagen. Ich war nur zweieinhalb Jahre verheiratet, und meine Familie ist daher von Natur aus klein.

MAJ.: Ist es nicht ziemlich übertrieben, ein einziges kleines weibliches Kind als Familie zu bezeichnen? Bei Familie denkt man doch an mehrere.

MRS. P.-P.: Also wirklich, Major, Ihre Ausdrucksweise ist außerordentlich. Ich habe allerdings zur Zeit ein einziges kleines weibliches Kind, wie Sie es formulieren —

MAJ.: Das wird sich später nicht in einen Jungen verwandeln, falls Sie damit rechnen sollten. Das können Sie uns glauben; wir haben in dieser Beziehung so viel mehr Erfahrung als Sie. Einmal weiblich, immer weiblich. Die Natur ist zwar nicht unfehlbar, doch hält sie stets an ihren Fehlern fest.

MRS. P.-P. (steht auf): Major Dumbarton, ein solches Schiff ist zwar unerfreulich klein, aber ich hoffe, wir werden genügend Platz darauf finden, um uns für den Rest der Reise aus dem Weg zu gehen. Derselbe Wunsch geht auch an Sie, Mrs. Carewe.

(Mrs. Paly-Paget links ab.)

MAJ.: Was für eine unnatürliche Mutter! (Sinkt in seinen Liegestuhl.)

EM.: Ich würde niemandem von ihrer Veranlagung ein Kind anvertrauen. Ach Dickie, wie konnten Sie sich nur eine so große Familie zulegen! Wie oft haben Sie mir gesagt, Sie wünschten sich mich als Mutter Ihrer Kinder!

MAJ.: Ich wollte nicht warten, während Sie anderweitig Dynastien gründeten und aufzogen. Wieso konnten Sie sich nicht mit Ihren eigenen Kindern begnügen, sondern mußten erst noch weitere wie Briefmarken sammeln? Ich verstehe das gar nicht. Was für eine Idee, einen Mann mit vier Kindern zu heiraten!

EM.: Nun, Sie muten mir zu, einen mit fünf zu heiraten.

MAJ.: Fünf! (Springt auf.) Habe ich fünf gesagt?

EM.: Freilich haben Sie fünf gesagt.

MAJ.: O Emily, angenommen, ich hätte mich verzählt! Hören Sie zu, zählen Sie mit. Richard – der ist natürlich nach mir benannt.

EM.: Eins.

MAJ.: Albert-Victor – das muß im Krönungsjahr gewesen sein.

EM.: Zwei!

MAJ.: Maud. Benannt nach —

EM.: Egal, nach wem sie benannt ist. Drei!

MAJ.: Und Gerald.

EM.: Vier!

MAJ.: Das sind alle.

EM.: Sind Sie sicher?

MAJ.: Ich schwör's: das sind alle. Ich muß Albert-Victor als zwei gezählt haben.

EM.: Richard!

MAJ.: Emily!

(Sie umarmen sich.)

Die Maus

THEODORIC VOLER WAR VON FRÜHESTEN Kindesbeinen bis an die Schwelle der Besten Jahre von einer liebevollen Mutter erzogen worden, deren Hauptsorge darin bestand, ihn gegen alles abzuschirmen, was sie die rauheren Wirklichkeiten des Lebens nannte. Als sie starb, hinterließ sie Theodoric allein in einer Welt, die so wirklich war wie eh und je, und beträchtlich rauher, als er für nötig erachtete. Für einen Mann seiner Gemütslage und Erziehung war schon eine schlichte Eisenbahnfahrt gespickt mit winzigen Verdrüssen und gelinden Mißklängen, und als er sich eines Septembermorgens in einem Zweiter-Klasse-Abteil niederließ, empfand er mancherlei Verstimmungen und allgemeine geistige Verwirrung. Er kam von einem Besuch in einem ländlichen Pfarrhaus, dessen Insassen sich gewiß weder roh noch bacchantisch aufgeführt hatten, doch war ihre Aufsicht des Hauswesens von jener laschen Art gewesen, die das Unheil geradezu heraufbeschwört. Die Ponykutsche, die ihn zum Bahnhof bringen sollte, war nicht pünktlich bestellt worden, und als der Zeitpunkt seiner Abreise näherrückte, war das Faktotum, das das besagte Vehikel hätte hervorbringen sollen, nirgendwo aufzutreiben. In dieser Notlage sah sich Theodoric zu seinem stummen, aber sehr heftigen Verdruß gezwungen, gemeinsam mit der Pfarrerstochter selbst das Pony anzuschirren, was ihn in einem schlecht beleuchteten Nebengebäude, Stall geheißen, und auch sehr danach riechend – von einigen Stellen abgesehen, wo es nach Mäusen roch –, herumzutappen nötigte. Nicht daß Theodoric vor Mäusen gerade Angst hatte, er zählte sie aber zu den rauheren Zwischenfällen des Lebens und fand, die Vorsehung hätte durch einen geringfügigen Aufwand an sittlicher Courage schon längst ihre Entbehrlichkeit erkennen und sie aus dem Verkehr ziehen können. Als der Zug aus dem Bahnhof glitt, regte sich in Theodorics Phantasie der nervöse Verdacht, er könnte einen schwachen Stallgeruch ausströmen und an seinem gewöhnlich wohlgebürsteten Anzug ein paar vermoderte

Strohhalme aufweisen. Zum Glück schien der einzige andere Insasse des Abteils, eine Lady von etwa seinem Alter, eher zum Schlafen als zu eingehender Musterung aufgelegt; der Zug würde bis zur Endstation in etwa einer Stunde nicht mehr anhalten, und der Waggon war einer von der altmodischen Bauart, die keinen Zugang zu einem Flur hatte, weshalb nicht mit weiteren Reisegefährten zu rechnen war, die in Theodorics Semi-Solodasein eindringen würden. Und doch hatte der Zug kaum sein normales Tempo erreicht, als ihm widerwillig, aber lebhaft bewußt wurde, daß er nicht allein war mit der schlummernden Lady; er war nicht einmal allein in seinen Kleidern. Ein warmes Herumkrabbeln an seinem Körper verriet ihm die unwillkommene und zutiefst verübelte, unsichtbare, aber nachdrückliche Anwesenheit einer verirrten Maus, die offenbar während des Pony-Anschirr-Intermezzos in ihren gegenwärtigen Schlupfwinkel gehuscht war. Verstohlenes Stampfen und Schütteln und ziellose Knüffe vermochten den Eindringling nicht zu vertreiben, dessen Wahlspruch vielmehr ›Excelsior‹ zu lauten schien; und der rechtmäßige Inhaber der Kleider lehnte sich in die Polster zurück und sann angestrengt nach Mitteln und

Wegen, dieser doppelten Inhaberschaft ein Ende zu bereiten. Undenkbar, daß er eine volle Stunde lang die garstige Rolle einer Absteige für vagabundierende Mäuse weiterspielen sollte (schon hatte seine Phantasie die Zahl der fremden Invasoren mindestens verdoppelt). Andererseits würde ihn nichts weniger Drastisches als eine teilweise Entkleidung von seiner Peinigerin befreien, und sich in Gegenwart einer Lady freizumachen, mochte der Zweck auch noch so löblich sein, war eine Vorstellung, die ihm das schamvollste Erröten bis in die Ohrläppchen trieb. Noch nie hatte er sich in Gegenwart des Schönen Geschlechts auch nur zu der glimpflichen Zurschaustellung durchbrochener Socken durchringen können. Dennoch – in diesem Fall lag die Lady allem Anschein nach tief und fest in Schlaf; während andererseits die Maus sich offenbar bemühte, in wenigen rastlosen Minuten ein ganzes Wanderjahr zu absolvieren. Falls an der Lehre von der Seelenwanderung irgend etwas Wahres sein sollte, so mußte diese bestimmte Maus in einem früheren Leben Mitglied eines Alpenvereins gewesen sein. Ab und zu verlor sie in ihrem Eifer den Halt und rutschte einen guten halben Zoll ab; und dann, vor Schreck oder wohl eher aus Verstimmung, biß sie zu. Theodoric sah sich zum waghalsigsten Unternehmen seines Lebens angestachelt. Mit dem Teint einer Roten Bete krampfhaft seine schlummernde Reisegefährtin im Auge behaltend, befestigte er rasch und geräuschlos die Enden seiner Reisedecke links und rechts an den Gepäckträgern, so daß ein stattlicher Vorhang quer durchs Abteil hing. In rasender Eile ging er in der improvisierten Umkleidekabine daran, sich und die Maus vollständig aus den verhüllenden Tweed- und Halbwollschichten zu schälen. Als die ausgewickelte Maus mit einem wilden Satz auf den Boden sprang, kam auch die Decke, beidseitig aus ihrer Verankerung rutschend, herunter mit einem Ruck, der ihm das Blut gerinnen ließ, und fast gleichzeitig schlug die so geweckte Schläferin die Augen auf. Mit einer Bewegung, die beinahe noch schneller war als die der Maus, stürzte sich Theodoric auf die Decke und zerrte ihre weiten Falten kinnhoch über seinen entblößten Leib, als er in der hinteren Ecke des Abteils zusammenklappte. Das Blut raste und pochte ihm durch die Hals- und Schläfenadern, während er stumm auf den Griff nach der Notbremse wartete. Die Lady begnügte sich jedoch damit, ihren so seltsam vermummten Begleiter wortlos anzustarren. Wie viel hatte sie wohl gesehen, fragte sich Theodoric, und was sollte sie bloß von seinem gegenwärtigen Zustand halten?

»Ich glaube, ich habe einen Anfall von Fieberfrost«, sagte er verzweifelt.

»Das tut mir aber wirklich leid«, erwiderte sie. »Ich wollte Sie gerade bitten, das Fenster zu öffnen.«

»Vermutlich Malaria«, fügte er hinzu, und seine Zähne klapperten leise, ebensosehr aus Angst wie aus dem Wunsch heraus, seine Theorie zu untermauern.

»Ich habe etwas Brandy in meiner Reisetasche; wenn Sie sie mir freundlicherweise herunterreichen würden«, sagte seine Reisegefährtin.

»Um nichts in der Welt – ich meine, ich nehme nie etwas dagegen ein«, versicherte er ernsthaft.

»Das haben Sie sich wohl in den Tropen zugezogen?«

Theodoric, dessen Bekanntschaft mit den Tropen sich auf das jährliche Geschenk einer Kiste Tee von einem Onkel auf Ceylon beschränkte, spürte, daß ihm jetzt auch noch die Malaria entglitt. Wäre es möglich, fragte er sich,

ihr die wahre Lage der Dinge in kleinen Raten zu enthüllen?

»Fürchten Sie sich vor Mäusen?« tastete er sich vor, und lief, falls möglich, noch knallroter an.

»Nur wenn sie in großen Mengen auftreten; wie die, die den Bischof Hatto aufgefressen haben. Warum fragen Sie?«

»Mir ist gerade eben eine in den Kleidern herumgekrochen«, sagte Theodoric mit einer Stimme, die kaum seine eigene schien. »Eine höchst peinliche Situation.«

»Das kann ich mir denken, falls Sie Ihre Kleider eng tragen sollten«, stellte sie fest; »aber Mäuse haben merkwürdige Vorstellungen von Gemütlichkeit.«

»Ich mußte mich ihrer entledigen, während Sie schliefen«, fuhr er fort; dann fügte er schluckend hinzu: »und dieses Entledigen hat mich in diesen Zustand gebracht.«

»Aber die Freigabe einer einzigen Maus wird kaum gleich einen Fieberfrost bewirken«, rief sie aus mit einem Leichtsinn, der Theodoric als ausgesprochen abscheulich berührte.

Offensichtlich war sie seiner Notlage auf die Spur gekommen und weidete sich jetzt an seiner Verwirrung.

Alles Blut in seinem Körper schien sich nach seinem hochroten Kopf aufgemacht zu haben, und der Schmerz der Schmach kroch ihm, schlimmer noch als Myriaden Mäuse, auf seiner Seele herum. Als sich dann kühle Überlegung wieder einstellte, löste schieres Entsetzen seine Demütigung ab. Mit jeder Minute raste der Zug dem überfüllten und geschäftigen Bahnhof entgegen, wo sich Dutzende neugieriger Blicke auf ihn heften würden statt des einzigen Augenpaars, das ihn jetzt lähmend aus der anderen Ecke des Abteils fixierte. Es gab noch eine hauchdünne, verzweifelte Chance, die sich in den nächsten Minuten entscheiden mußte: seine Reisegefährtin könnte wieder in einen gesegneten Schlummer versinken. Aber mit jeder pulsierenden Minute versiegte diese Möglichkeit. Der verstohlene Blick, den ihr Theodoric von Zeit zu Zeit zuwarf, ließ nichts als unverwandte Wachsamkeit erkennen.

»Wir dürften wohl gleich da sein«, stellte sie schließlich fest.

Mit zunehmendem Entsetzen hatte Theodoric bereits die vorbeiziehenden Häufungen kleiner häßlicher Häuser bemerkt, die das Ende der Fahrt ankündigten. Die Worte wirkten wie ein Signal. Wie ein gehetztes Tier, das aus seiner Deckung hervorbricht, um sich kopflos in einen anderen, kurze Sicherheit verheißenden Unterschlupf zu flüchten, schleuderte er die Decke weg und zwängte sich in rasender Hast in seine zerstreuten Kleider. Er gewahrte, wie trostlose Vorstadtbahnhöfe am Fenster vorbeisausten und ein würgendes und hämmerndes Gefühl in Hals und Herz und ein eisiges Schweigen aus der Ecke, in die er nicht hinzusehen wagte. Als er dann, bekleidet und beinahe von Sinnen, auf seinen Platz zurücksank, kroch der Zug langsam zum Stillstand, und die Frau öffnete ihren Mund.

»Wären Sie wohl so freundlich«, bat sie, »mir einen Gepäckträger zu besorgen, der mich zu einer Droschke bringt? Es ist eine Schande, Sie damit zu belästigen, wo es Ihnen doch so schlecht geht, aber man ist so hilflos auf einem Bahnhof, wenn man blind ist.«

Anmerkungen

S. 8
Diamond Jubilee: Das Diamantene Jubiläum der Königin Victoria (1819–1901), sechzig Jahre nach ihrer Thronbesteigung (1837), also 1897.

S. 10
Die ewige Stadt: The Eternal City (1901) von Hall Caine (1853–1931), Verfasser melodramatischer Romane.

S. 17
Omar Khayyám, auch Omar Chaijam, persischer Gelehrter und Dichter (gest. ca. 1120), Verfasser des *Rubaiyat,* einer Sammlung von Vierzeilern mit stark epigrammatischer Prägung. Die englische Übertragung von Edward Fitzgerald (1859) wurde äußerst populär und gehörte zum meistzitierten Bildungsgut. Das Pseudonym »Saki« ist der Name eines Mundschenks im *Rubaiyat.*

S. 20
Akademie: die Royal Academy, die Königliche Akademie der Künste, wo die etablierten Maler ausgestellt wurden.

S. 25
Sargent: John Singer Sargent (1856–1925), Porträtmaler der angelsächsischen Gesellschaft.

S. 25
Derry: Londonderry, Stadt und Grafschaft in Nordirland, schon damals Ort religiöser Spannungen.

S. 27
Carlton: ein Londoner Club.

S. 27
Goodwood: Das klassische Rennen in Goodwood findet jeweils am letzten Dienstag im Juli statt.

S. 30
Embankment: entlang dem Themse-Ufer in London.

S. 32
Debrett: der seit 1802 von John Debrett herausgegebene Adelskalender für England, Schottland und Irland.

S. 35
Dolly Gray: von in den Krieg ziehenden Soldaten besungene Person in einem Abschiedslied, das im Burenkrieg (1899–1902) populär geworden war.

S. 35
Longfellow: Henry Wadsworth Longfellow (1807 bis 1882), amerikanischer Dichter.

S. 39
Maeterlinck: Maurice Maeterlinck (1862–1949), belgischer Schriftsteller, schrieb u.a. *Das Leben der Bienen* (1901) und *Herzgewächse.*

S. 46
Delagoa-Bai: an der pazifischen Küste von Südafrika; die Streitigkeiten zwischen Portugal und Großbritannien um den Besitz der Bai zogen sich jahrzehntelang dahin.

S. 51
Deo volente: »so Gott will«.

S. 55
Meredith: George Meredith (1828–1909), englischer Schriftsteller, dessen Gedichte und Romane als schwer verständlich galten.

S. 58
Carlton: vgl. Anm. S. 27

S. 59
Kap bis Kairo: Kap der Guten Hoffnung in Südafrika, dessen Währung der Rand ist.

S. 60
Humberts: Die italienischen Könige Umberto I. und II.

S. 61
Tauchnitz: die in Europa (aber nicht in Großbritannien) weit verbreiteten, preiswerten Ausgaben englischer und amerikanischer Autoren des Verlags Tauchnitz, Leipzig.

S. 62
Tattersall's: ursprünglich Pferdemarkt in London, dann Mittelpunkt aller Renn- und Wettunternehmungen.

S. 70
Abbey: Edwin Austin Abbey (1852–1911), amerikanischer Maler.

S. 77
Maeterlinck: vgl. Anm. S. 39

S. 78
C'est le premier pa qui compte: »was zählt, ist der erste Schritt« (»Schritt« = *pas;* »*pa*« = Vater).

S. 80
Max Nordau (1849–1923), in Paris lebender ungarischer Schriftsteller; die zeitkritische, bescheuerte, doch fürs bürgerlich-faschistische Kunstverständnis folgenreiche Studie *Entartung* erschien 1892/3.

S. 88
Am Ende der Passage: Im Original »*At the End of the Passage*«, Geschichte von Rudyard Kipling (1865 bis 1936); s. *Kipling Companion* von Gisbert Haefs, Haffmans, Zürich 1987.

S. 92
Kind mit Primelstrauß: Titel in der Art von Whistler (1843–1903); s. James Abbott McNeill Whistler: *Die feine Art sich Feinde zu machen*, Haffmans, Zürich 1984.

S. 94
His Majesty's: Theater in London.

S. 95
Ganymed: der Schönste der Sterblichen, wurde auf Geheiß von Zeus in den Olymp entführt und diente dort als Mundschenk.

S. 96
Gordon-Bennett-Affäre: Seit 1900 fanden regelmäßig Automobilrennen um den Gordon-Bennett-Preis statt.

S. 101/102
»*Ach, es zerreißt mir das Herz*«: im Original: »with diamonds?« Denn »diamonds« bedeutet nicht nur Diamanten, sondern auch »Karo«, und so muß hier der herrliche Witz jenes Predigers zernichtet werden, damit wenigstens der Rest des Absatzes gerettet wird (»Herz doppeln«, »Herz aufspielen« sind Bridge-Aus-

drücke, und im Original heißt es nun eben nicht »Herz«, sondern »diamonds/Karo«).

S. 108
Iphigénie en Tauride: Oper von Christoph Willibald Gluck (1779).

S. 108
The Yeoman of the Guard: Oper von Gilbert & Sullivan (1888).

S. 115
Sandschak: osmanische Bezeichnung für »Verwaltungsbezirk«.

S. 116
Camões: Luis Vaz de Camões (1525–1580), portugiesischer Dichter.

S. 126
Novibazar: Stadt und Verwaltungsbezirk, 1456 bis 1912 zum Osmanischen Reich gehörig; einer der berühmtesten »Sandschaks«.

S. 161
...*Wolf gesehen:* die Alten Römer glaubten, wer einen Wolf sehe, verliere die Stimme.

S. 172
Sinekure: (lat.) »ohne Sorge«, einträgliche Pfründe.

S. 183
Monsieur le Curé: das ist »der Herr Pfarrer«.

S. 186
Park: hier der Hyde Park.

S. 207
Locksley Hall: längeres Gedicht von Alfred Tennyson.

S. 227
Park: vgl. Anm. S. 186

S. 234
Mendelssohns »Lieder ohne Kleider«: die gute Dame begeht hier einen begreiflichen Fauxpas: »Lieder ohne Worte« heißt ein Werk von Mendelssohn-Bartholdy richtig.

S. 241
Excelsior: Höher hinauf! (das Motto des Staates New York).

S. 242
Alpenverein: der erste Alpenverein (Alpine Club) wurde in England gegründet (1857); erst Jahre später folgten die Schweiz, Deutschland und Österreich.

S. 247
Bischof Hatto: 891–913 Bischof von Mainz; die Sage will, daß er, »zur Strafe dafür, daß er Hungernde in einer Scheune verbrennen ließ, von Mäusen ... aufgefressen worden« sei (Brockhaus, 1956), und zwar im Mäuseturm zu Bingen, der seinen Namen freilich nicht von Mäusen, sondern von Maut (= Zoll) herleitet.

Wo der Leser weitere Erklärungen vermißt, geht es ihm wie Herausgeber und Übersetzer, denen es nicht in allen Fällen gelungen ist, befriedigende Auskünfte zu erhalten.
Näheres und weiteres über Saki und sein Werk im Nachwort von Fritz Senn zum Supplementband »Der Almanach« – Sakis sechs letzte Geschichten aus dem Nachlaß, Zürich: Haffmans Verlag 1986.

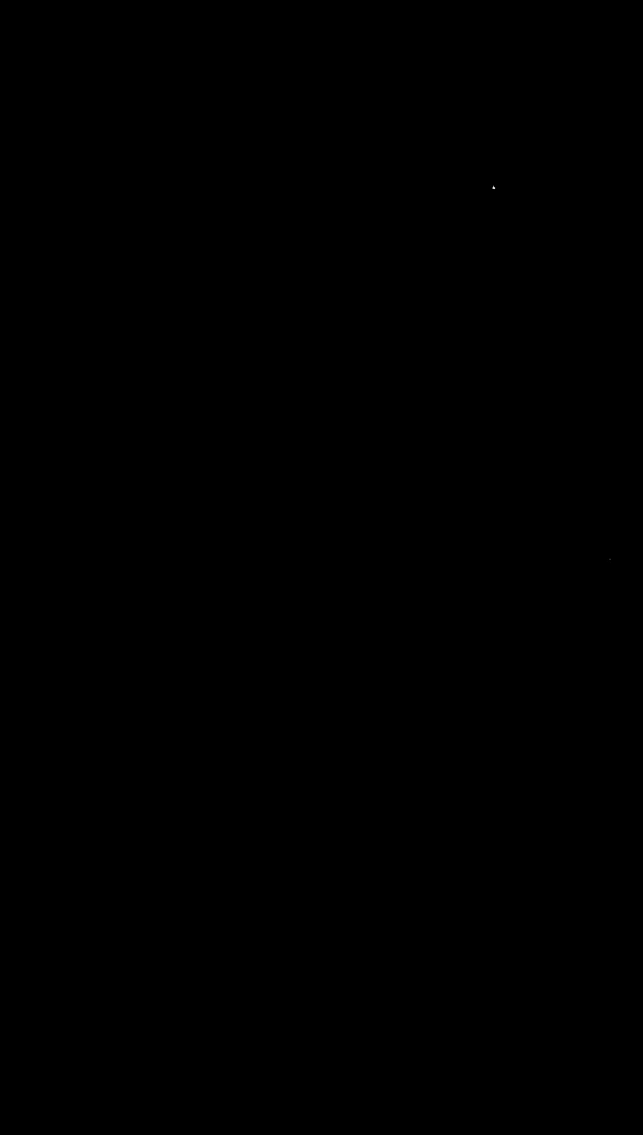